暗夜鬼譚

春《しゅん》宵《しょう》白《はく》梅《ばい》花《か》

瀬川貴次

集英社文庫

目次

CONTENTS

ANYAKITAN

本文デザイン／ AFTERGLOW
イラストレーション／ Minoru

暗夜鬼譚

ANYAKITAN

春《しゅん》宵《しょう》白《はく》梅《ばい》花《か》

第一章　鬼の足跡

すっかり身支度を整えると、夏樹《なつき》は両手を大きく広げてみせた。

「できたよ、桂《かつら》」

養い子にそう言われて、乳母《めのと》の桂はゆっくりと顔を上げる。

年老いて、桂の髪はかなり白くなっている。その目は夏樹をよく見ようとして細められているため、小皺《こじわ》に埋まりそうだ。

しかし、どんなに目を細めたところで、桂が夏樹の晴れ姿をはっきりと見ることはできない。ここ数年で彼女の目はすっかり衰えてしまっていた。

桂がかろうじてわかるのは、影だけ。夏樹はよりよくわかってもらえるようにと、開け放たれた蔀《しとみ》を背にして立ち、輪郭を際立たせるよう努めた。

その甲斐《かい》はあったらしく、桂は何度もうなずいた。うっすらと涙ぐみ、小袿《こうちぎ》の袖をそっと目頭に押し当てる。

「本当にご立派になられて……まぶしいほどでございますわ」

「そういうお世辞はいいって」

夏樹は桂のそばに寄ると、床に片膝をついた。

「さあ、手を伸ばして」

桂がおずおずと差し出した手が、まず夏樹の頬に触れる。指先が、夏樹の両耳の上にくくりつけられている緌《おいかけ》をかすめる。

緌は馬の毛を放射状に並べた半円形の飾りで、武官が身に着けるものだ。

それから手は下がって、夏樹の肩の上に降りる。

彼が着ているのは、動きやすいよう袖を後ろ半分しか縫い閉じていない闕腋《けってき》の袍《ほう》。

装いは立派に武官のものだが、威厳はまだまだ足りないかもしれない。

なにしろ、帝《みかど》の身辺の警衛に当たる近衛府《このえふ》に夏樹が勤めるようになって、まだほんのひと月。年齢《とし》も、元服したばかりの十五歳だ。

威厳も自信も、これから、おいおい備わってこよう。

桂が心に描いているだろう像に近づくことも、けして夢ではないはずだと夏樹は思っていた。

やがて、桂の手は、夏樹の携えた弓や、腰に下げた太刀《たち》にも触れた。

「ああ、この太刀は……」

「母上の形見だよ」

「そうですわ。それも、大臣《おとど》の代から伝わる名刀ですものね」

　桂が涙にむせびながら、つぶやく。

「この太刀を下げていらっしゃる夏樹さまのお姿を、御方《おかた》さまが生きておいでで御覧になったら、さぞやお喜びでしたでしょうに」

　御方さまとは、夏樹の亡くなった母のことを指していた。

　夏樹の母は、世が世ならば大臣家の孫娘として、帝の妃《きさき》も夢ではない身の上だった。しかし、祖父が政権争いに敗れ、左遷されたのをきっかけに、家は没落してしまった。夏樹の母も、そのために妃となる夢を果たせず、結局は周防《すおう》（現在の山口県東部）の国司《こくし》の数ある妻のひとりで終わった。

　華やかな宮廷生活をもしかしたら手に入れられたかもしれないのに、実際には味わうことのできなかった母が、息子に夢を託すのは当然ともいえよう。

　念願かなって内裏《だいり》に勤めるこの姿を、母に見せてやりたいと夏樹も思う。もはや叶《かな》わぬ願いだからこそ、それだけは心残りで――

　ガラにもなく、しんみりしそうになって、夏樹はふいに立ち上がり、照れ隠しに蔀のほうを向いた。

　初め、父の任国である周防の国から上京してきたとき、ここから見えるあの庭は生い茂る雑草に埋めつくされていた。

夏樹はこの邸《やしき》で生まれ育ったのだが、四年前に父親が周防に下るときいっしょについていき、以来、ここは無人のまま荒れるにまかされていたのだ。

上京したとたん、桂はあれこれと指示を下して、昔どおりの庭に戻してくれた。いとことよく登った懐かしい木もそのままだ。

母が祖父から譲られ大事にしていた梅の古木も。

本当かどうかは確かめたことはないが、この梅は都中のどの梅よりも先に花開くという。いま、その梅は春の訪れを知らせるように、白い花をいっぱいに咲かせていた。

そして、塀の向こうに覗《のぞ》く荒れ放題の隣の邸も、記憶のとおりにそのままだった。

夏樹が子供の頃から、隣には住む者もなく、屋根には名もない草が生え、壁もあちこちが崩れ始めていた。

思い出のわが家に戻ってきて、隣もそのままだとわかったとき、夏樹は妙に感動してしまったものだ。

覚えている限りでも、隣の邸に人が越してきた例《ためし》は五、六回ほどあったが、五日以上居つけた者はいなかった。

なんでも、夜になると風もないのに几帳《きちょう》が揺れ、灯火が消えたりついたりし、扉ががたがたと音をたてるのだそうだ。

それが毎晩続くものだから、どんな剛の者も肝を冷やして逃げ出してしまうという。

邸を取り壊して新しく建て直そうと試みる者もいたが、呼んだ職人がことごとく原因不明の高熱を出して仕事にならない。

かくして、地の利がいいのにもかかわらず、隣はずっと空き家のままだった。

夏樹としては、隣が夜盗の住み家にでもなったらと思うと気が気でなかった。

「今夜は内裏に宿直《とのい》しないといけないんだけど、桂は大丈夫？」

「ええ、ええ。夏樹さまのお留守は、老いたりとはいえ、この桂がしっかりお守りいたしましょう」

「隣にあんな化け物邸があるから、夜はなおさら心配なんだけど……」

「いいえ、もう昔からあるんですもの、慣れてしまいましたよ。それに、お隣にまた新しい買い手がついたそうですよ。壊れた垣根を修理している者がいたとか」

それが本当なら、少しは安心できる。

「でも、いつまで住んでいられるかな」

「さあ……」

どうせ何日も持たないと、桂も思っているらしい。

「お隣にどなたが住もうと、何が起ころうと、こちらの家にまで怪しいことがあるわけではありませんからね」

「うん、それはね。小さい頃、深雪《みゆき》と隣に忍びこんだことがあるけど、昼間だったせいか、なんにもなかったし、その後の祟《たた》りも特になかったもの」

それを耳にするや、たちまち桂は怖い顔になった。

夏樹はとっさに自分の口を押さえたが、一度発した言葉が戻ってくるはずもない。

「夏樹さまはそんな危ないことをなさっていたのですか。まさか、また探ってみたいなどと考えているのではないでしょうね」

桂の目尻はきゅっとつり上がっている。ついさっき、感動の涙を浮かべていたのとはえらい違いだ。

「もしものことがあったなら、夏樹さまのことを遠い空の下で案じておられる周防守《かみ》さまに、なんと言い訳すればよろしいのですか」

くどくどと桂は説教を始める。一度始まると、これがなかなか止まらないのだ。気弱げに泣く桂よりもこちらのほうがまだいいが、藪《やぶ》から蛇を出して嬉《うれ》しいはずもない。

「それじゃ、桂、ぼくは急ぐから、留守をよろしく頼むね」

夏樹はふいに急ぎの用事を思い出したように言って、部屋から駆け出していった。どうせ、邸に戻ればまた桂のお小言が再開されると、重々わかってはいたが。

ここ、平安京がひらかれて、百五十年あまりの月日が過ぎようとしていた。

時代はまさに、貴族文化が花開かんとしているころ――

周防で何年も暮らしていた夏樹にとって、そんな都はことさら華やかに美しく思えた。御所に宿直することは、都のまた違った一面を垣間見《かいまみ》ることでもあり、けっこう楽しみにもしていたのだ。

その夜は、雲が空を覆って、月も星も見えぬ完全な闇を作っていた。暗い灰色に染まる天を、篝火《かがりび》が焦がさんばかりに燃えさかっている。

夏樹は、内裏の中心・紫宸殿《ししんでん》そばの右近《うこん》の陣から、その黄金色《こがねいろ》の炎をながめていた。薪《まき》のはぜる音。舞い散る火花。刻一刻と形を変える炎は、いくら見ていても見飽きるものではない。

そんなふうに、彼がぼうっとしている間にも、何人もの公達《きんだち》が篝火の前を通り過ぎていく。

もう夜も遅いのに、どこかの女房の部屋にでも忍んでいくところなのだろう。それぞれ、恋人に見せるための洒落《しゃれ》た装いに身を包んでいる。

彼らの装束のさまざまな色彩が、篝火の明かりに照り映えて、いっそう雅《みやび》やかな光景を作り上げていた。

さすがは都人《みやこびと》、帝のおわします御所だけになおさらきれいだなと、夏樹はひとりで感心する。

「何を見ている？」

背後から突然、のぶとい声をかけられ、夏樹はびくっと肩を震わせた。

振り返ると、上司の右近の中将《ちゅうじょう》が、そのいかめしい髭面《ひげづら》をゆがめて、ニヤリと笑ったところだった。夏樹はあわてて膝を折り、頭を下げる。

右近の中将は、部下にはきびしいとの定評のある怖い上司だ。新米の夏樹がびくつくのも当然のことだった。

しかし、右近の中将はぼうっとしていた夏樹をとがめるでもなく、笑顔を保ったままだ。酒が入っているらしく、ずいぶんと機嫌がいい。

「まだ慣れないのだから、そんなに陣に詰めていなくてもいいのだぞ」

「そうですが、だからこそ、早く馴染《なじ》めるようにしておこうかと思いまして」

「それは感心なことだな」

右近の中将は夏樹の背後にその太い腕を回し、肩を軽く二、三度叩《たた》いた。

「だが、こんをつめすぎてもいけない。休めるときに休むのも仕事のうちだ」

「は……」

右近の中将が口を近づけてしゃべるので、酒臭い息がふわっと夏樹の顔にかかる。が、これもお勤めと思って、耐え忍ぶ。

右近の中将はやたらと夏樹に甘いのだが、それもウラがあってこそ。

夏樹の父親から、たっぷりと貢ぎ物を受け取っているからだ。

夏樹の父は周防国の国司。上層《うえ》との折り合いが悪く、中央では思うような役職に就けなくなり任国に下ったが、周防では長官の座にある。

その地位を利用して蓄えた富もかなりのものだ。息子を中央で出世させたいと考えた彼は、その金を惜しみなくばらまいて、近衛府の職を買い取ったのだった。

父のその気持ちをありがたいとは思う。右近の中将が、受け取った金額以上によくしてくれるのも、嬉しくないわけではない。だが――

夏樹は同僚たちの視線を感じて、身体《からだ》を縮める。

あからさまに向けられる妬《ねた》み。

右近の中将がそばにいるものだから、なおさらそれは強くなっている。中将が気づかないのが不思議なほどだ。

同僚たちは、有力な後ろ盾があって官位をもらえた者がほとんど。もちろん、夏樹と同じく、親の金で官位を買い取った者も少なくない。

そんな相手に妬まれる筋合いはないと思うのだが、こういう感情的なことが理屈どおりにいかないのも理解していた。

「では、弘徽殿《こきでん》にいとこが宮仕えにあがっていますので、少しばかりそちらに顔を出してきたいのですが」

夏樹が言うと、右近の中将は案の定、簡単に許可してくれた。

なぜだかちょっと惜しそうな顔をしつつ、右近の中将は夏樹の肩から手を離す。酒臭い息が遠のく。

「ただし、あまり長居はせぬようにな」

「はい。かならず」

これで同僚の嫉妬の目から逃れられると思うと、ホッとする。

夏樹はそんな気持ちを表に出さないよう気をつけながら、そっと右近の陣を離れようとした。

ところが、沓《くつ》が足に合わなくて、歩くたびにカパカパと音をたてる。沓音を消そうとすればするほど、逆にそれは大きくなる。

父親が、衣装から何から、すべて新しいものを揃《そろ》えてくれたのだが、沓だけはどうにも大きすぎたのだ。

意地悪な同僚が、それを聞き逃すはずがない。こそこそと何かを耳打ちしあっては、くすくすと笑う。

どうせ、身分不相応な恰好《かっこう》だが沓だけはお似合いだとかなんとか言っているのだろう。

夏樹は努めて表情を変えずに、彼らの視界の外へと急いだ。

ようやく同僚の目から逃れると、夏樹は立ち止まり、それまで堪《こら》えていた特大のため息をつく。

(まったく、父上はどこか一本抜けているから)

そうは思えど、憎めない失敗ではある。

再度ため息をついて頭上を仰げば、満天を覆う雲にわずかながら切れ目があって、そこから星が覗いている。小さな星だが、唯一の光ゆえか、なおさら美しく思える。

露骨な態度をとられて、いい気持ちはしないが、自分だって金で官位を買った身だ。大きな顔はできない、と夏樹は気楽に考えるよう努力した。

そもそも、この就職は、息子の意向など確かめもせずに、父親ひとりが勝手に突っ走った結果だった。

夏樹自身は出世を望んでいるわけではない。母の遺言とはいえ、自身はあまり興味を持てなかった。

第一……父親が都を出たのも、下手《へた》を承知で作った歌を有力者の息子にけなされて、ついカッとなり、大喧嘩をしたのが原因だった。

おかげで、都の職を解かれ、周防に下らざるを得なかったのである。

ひとの世の浮き沈みは本当に激しい。母の家が没落していった話も幼い頃からさんざん聞かされている。

夏樹は、そんな頼りにならない俗世の地位に固執したくなかった。それより、宮中で目にするなにもかもが珍しく、おもしろくてしかたがなかったのだ。

周防にいる父親がそうと知ったら、覇気がない息子だと嘆くだろう。

思うように昇進できない連中に対して、かえって失礼かもしれない。彼らが意地悪なのも、案外、そこらへんを感じ取っているせいかも。

わかってはいても、夏樹は自分の考えを変えられなかった。かといって、心を開かぬ同僚たちを恨んだり、こんな状況をつくった父を責めたりする気にもなれない。

たくさんの妻や愛人を抱え、夏樹の母をさんざん苦しめた父だが、それでもその遺言をりちぎに守ろうとしているのだ。なんとか、その思いに応えたい。

いやなことは頭からしめ出そうと首を強く振り、夏樹は沓をいっそうカパカパいわせながら歩きだした。

やや遠回りな道すじをたどって、梅の香のただよう中、弘徽殿へ向かう。

弘徽殿は、帝の妃たちが住まう殿舎のひとつだ。

現在、ここを与えられている妃は弘徽殿の女御《にょうご》と呼ばれている。権勢ある左大臣《さだいじん》家の姫君で、帝の寵愛《ちょうあい》もあつい。

その女御が、いとこの深雪の仕える主《あるじ》だった。

弘徽殿の東側に夏樹がたどりつくと、簀子縁《すのこえん》（外にはりだした廊）に二、三人の女房が出てくつろいでいるところだった。

まだ風も冷たいのに、闇にただよう梅の香に誘われてそこまで出てきたのだろうか。ある者は山吹の唐衣《からぎぬ》を身に着け、あるいは樺桜《かばざくら》の唐衣、藤色《ふじいろ》、萌黄《もえぎ》。みな、季節に合わせて、春の花々と同じ色合いの衣装を身にまとっている。

絵物語のように色とりどりな女房たちに比べれば、夏樹が着ている深緑の袍《ほう》は、まるでぱっとしない。

それは身分を示す色でもあり、極端に低くはないが、下から数えたほうが早い夏樹の位を表していた。

高貴な人に接しなれている女房たちからすれば、なおさら貧弱に見えるだろう。少々気後れしながらも、夏樹は軽く咳《せき》ばらいして、彼女たちの注意をひきつけた。

「おくつろぎのところ、失礼いたしますが、近衛のいとこが参りましたと、み……伊勢《いせ》の君《きみ》にお伝え願えませんでしょうか？」

以前にも会ったことのある女房が、心得顔でゆっくりと立ち上がった。

「では、わたくしが呼んで参りましょう」

さらさらと衣《きぬ》ずれの音をたてて、御簾《みす》のうちに消える。

ほどなく、その女房が深雪——宮中での呼名《よびな》は伊勢だが——をともなって現れた。

深雪は夏樹を見るなり、にっこりと微笑《ほほえ》んだ。

名前のとおり、雪のように白い肌。紅梅に模したあざやかな紅《くれない》の装束は、その白さをさらにひきたてる。

黒髪も長く豊かで、衣装の上を流れる様子は深い川のよう。しっとりと、つややかな光沢を放っている。

数ある弘徽殿の女房たちの中でも、五本の指に入るのではないかと評判の若女房である。

ところが、美しい後宮《こうきゅう》の花となったいとこを前にしても、夏樹はみとれるどころか、心の中で苦笑してしまった。

(あの御転婆《おてんば》がこうも化けるとはねえ……)

同じ乳母に育てられたせいもあって、幼い頃はよくいっしょに遊んだものだ。

おかげで、深雪の本性は十分すぎるほど知りつくしてしまった。

邸の木に登ったり、蛇をつかまえたりするのは、まだいい。

枝が折れたのを夏樹のせいにし、蛇を家の中に逃がしては夏樹のせいにし。木から落ちたり、蛇に嚙《か》まれたりして怪我《けが》をすると、それもなぜか夏樹のせいになった。

果ては気に食わないことがあるとかんしゃくを起こし、遠慮なく殴りかかる。

ふたりの父親たちがその様子をながめ、男女が逆だったらよかったのにと、なかば本気で嘆いたものだった。

けれど、夏樹が堪忍袋の緒をぶち切って深雪を無視したりすると、泣いて泣いて、ずっとあとをついてくる。

こうなると、夏樹もついつい自分から折れてしまう。

おかげで、両者の力関係は一向に変わらないまま時が経《た》った。

その深雪が、そんな昔のことなんて忘れたわといわんばかりに、洗練された後宮の女房としてふるまっているのだ。

（ずるいよなあ）

というのが、夏樹の正直な感想だった。

彼のそんな思いをわかっていて楽しんでいるのか、深雪は笑みを保ったまま、長袴《ながばかま》をきれいに裾さばきし、簀子縁の端に腰をおろした。

「おひさしぶりですわね。御所づとめにはもう慣れまして？」

耳に心地よい声は昔のままでも、口調はおしとやかな伊勢の君のものだ。

「京にいたのは幼い頃で、ずっと父の任国の周防にいましたからね。都の華やかさをすっかり忘れていた身には、なにもかもがまぶしいほどで……」

他人行儀なもの言いだが、すぐそばにほかの女房たちが控えて耳をそばだてているのだから仕方がない。

もはや彼女たちの興味は、梅の香ではなく夏樹に向けられている。檜扇《ひおうぎ》のかげで交わされる、ひそひそ話も筒抜けだ。

「まあ、なかなかお似合いのおふたりですわ。いとこどのも、とても凜々《りり》しくて」

「これでもう少し、あちらの身分が高ければねえ。六位《ろくい》程度ではまだまだ……」

「まだお若いんですもの、これからですわよ」

「まあ、あなた、ずいぶんあのかたの肩を持つのね。伊勢の君のいとこびいきが感染《うつ》ったのかしら」

「ええ。いつもいつも、一語一句を覚えこんでしまいそうなほど聞かされてますからねえ。でも、ほら、それも無理はないと思えるような男ぶりではありませんか」

思いもかけぬことを言われて、夏樹はカッと耳まで赤くなった。

真に受けたわけではない。単にからかわれているのだとわかってはいたが、どうしようもなかった。

深雪に恥をかかせてはいけないと思うけれど、このまま、女房たちの遠慮のない好奇の目にさらされるのもたまらない。

ここで彼女たちに向かって、気のきいた冗談でも言えればいいのだが、うまくやれる自信など夏樹にはまるでない。

慣れぬ都ぶりを装うのはやめて、やっぱり早く話をきりあげ退散しようと、夏樹はすぐに本題にはいることにした。

「ところで、桂からの文《ふみ》をあずかってきたのですよ」

桂は夏樹の乳母であると同時に、深雪の乳母でもある。

いま桂は夏樹にひきとられて、京の邸でいっしょに暮らしているが、なかなか逢《あ》えないもうひとりの養い子のことをいつも心配していた。最近、目をわずらいだして、よけいにその思いが強くなったようだ。

それで、桂のために夏樹がせっせと口述の筆記をやり、その文をこうして御所の深雪のもとへ届けているのだった。

文を受け取って広げた深雪は、そっと夏樹にだけ聞こえるようにささやいた。

一瞬だけ、瞳をいたずらっぽく輝かせて。

「あいかわらず、きったない字ね」

夏樹の字だと知っていて、わざとそう言う。

昔どおりの深雪がそこにいた。いたずら好きで、乱暴で、元気いっぱいのいとこが。

深雪はたちまち伊勢の君に戻って、すました顔をするが、おかげで夏樹はやっと緊張をほぐすことができた。

「いま住んでいらっしゃるのは正親町《おおぎまち》のお邸でしょう？　隣の空き家はまだあるのかしら」

「ええ。数日前にどなたかが移ってきたらしいですが、またすぐに引っ越してしまうかもしれませんね。物《もの》の怪《け》が出るとの噂《うわさ》がありますから、あの家には」

「わたしたちが子供のときからの噂ね」

「そんな家がすぐ隣ですから、桂も慣れたとはいえ、やはり心細いのでしょう。たまには逢いにきてほしいと、さみしがっていましたよ」

「いまは忙しくて。聞いていますでしょう、梨壺《なしつぼ》の更衣《こうい》さまのこと……」

さすがにその話なら、御所に来て日の浅い夏樹の耳にも届いている。

帝の多くの妃たちのひとり、梨壺の更衣の産んだ皇子《みこ》が、生まれてほんの数か月後に突然亡くなってしまったのだ。

今上帝《きんじょうてい》にとっては第一皇子《おうじ》。他の妃にはまだ子がなく、唯一の御子《おこ》であったものを。

周囲の落胆もさることながら、更衣の悲しみは深く、実家《さと》から御所に戻ってきても、何も手につかず泣き暮らしている。

それを聞いて哀れんだ弘徽殿の女御が、文を送ってなぐさめたり、宴《うたげ》を催して更衣を呼んだりと、なにかと気を配っているらしい。

本来なら、ふたりは帝の寵を争う敵同士。なかなかできることではないと、人々は弘徽殿の女御の心の広さに感心し合ったものだった。

もっとも、口さがない者はどこにでもいる。

弘徽殿の女御は更衣のために心を砕いているようで、実は優越感にひたっているだけなのだという陰口も密《ひそ》かにささやかれていた。

女御の真意がどうであれ、仕える弘徽殿の女房たちにとっては多忙な毎日となった。この状況では、深雪もそう頻繁には宿下がりできまい。

（やっぱり、桂を説得するのは自分の役か。また泣かれてしまうな……）

夏樹が表に出そうになったため息を飲みこむと同時に、簀子縁とは御簾で仕切られた廂《ひさし》から、女にしては低めの声が聞こえた。

「そちらが伊勢の君ご自慢のいとこどの？」

はっと顔を上げると、御簾の内側に誰か女性が立っている。

さすがに深雪も、ふいのことに驚いて扇を落としそうになった。どうやら、目上の女房らしい。

「小宰相《こさいしょう》の君《きみ》……」

「女御さまがいらしているのにお気づきではなかったようね」

これには夏樹も緊張した。さきほどの比ではないくらいに。

素早く居住まいをただしながらも、好奇心を抑えかねて、御簾の向こうにちらりと目をやる。

なにしろ月も出ていない暗夜なので、明かりがついている屋内は御簾越しでもよく見えた。

内《なか》ではいつのまにか、わらわらと女房たちが集まっている。

どうやら、女房たちにかしずかれた奥に、弘徽殿の女御がお出ましになっているようだ。

夏樹のところからは距離があるし、御簾に加えて几帳が目隠しのために並べてあり、女御の姿そのものを見ることはできない。

それでも、微《かす》かにただよってくる薫衣香《くのえのこう》から、その趣味のよさがうかがえる。

貴族の女性はめったに人前に出ないので、こんなささいな手がかりで容姿や気性を想像するしかないのだ。

香に触発されて、弘徽殿の女御はお若くてお美しいという噂を思い出し、夏樹は急にどきどきしてきた。

さっき、女房たちにからかわれていたときよりも、顔が熱い。きっと、熟れた柿のように赤く染まっているに違いない。

せめて深雪にはこの動揺を気取《けど》られまいと、夏樹はとっさに顔を伏せた。その頭上を、深雪と小宰相の会話がいきかう。

「おくつろぎのところを悪いのだけど、梨壺からのお使いがそろそろいらっしゃるのでお迎えの支度をしてくださるかしら」

「はい。どうぞ、お気遣いなく。ちょうど、いとこももう帰るところでしたわ」

それを聞いてムッとした夏樹は顔を上げ、(桂への返事は?)と目で合図した。が、深雪はまるで知らん顔をしている。人目がなかったら、手を振って「しっ! しっ!」とやりかねない。

しかし、忙しくなったのは事実だから、ここでごねるわけにもいくまい。

(ま、今夜は宿直《とのい》になるから、明日の朝にまた寄ってもいいか)

そう思い直し、夏樹はすっと立ち上がった。

「そろそろ戻らなくてはなりませんので、失礼いたします」

きれいに、印象に残るような立ち去りかたをしたかったのだが、まだそこまで洗練された身のこなしは会得していない。

なんとなく、女房たちの視線を背に感じて——とりわけ、その中に女御の視線があるような気がして、歩きかたまでがぎくしゃくしてしまう。

彼女たちの前でぶざまにころばないようにするのが、彼にとっては精いっぱいだった。

夏樹が去ったあとの弘徽殿では、女房たちが深雪を取り囲んで、ちょっとした騒ぎを起こしていた。

そのほとんどが十五、六の若女房で、ことさら声はにぎやかになる。

「あれがご自慢のいとこどのね。なかなか素敵じゃない」

「とんでもない、ずっと都を離れていたいとこですもの、田舎臭《いなか》くなって恥ずかしいったら」

深雪が謙遜すると、周りで聞いていた年配の女房たちは笑いさざめいた。

「いつも言っていることと全然違うのね」

「そうよ、ちっとも田舎臭くなんかなくてよ」

と、同輩たちも否定する。

「武官の装束がよく似合って、想像以上に凛々しかったわよねえ」

「それでいて、威張りちらした感じがなくて、お優しそうで」

「ねえ、北野《きたの》の大臣《おとど》の血筋でいらっしゃるというのは本当なの？」

「それは確かよ。夏樹のお母さまが、大臣の孫にあたるの」

深雪が保証すると、女房たちはほうっとため息をついた。

「やっぱりねえ、そこらの六位にはない気品がただよっていたわよねえ」

「そうそう。目もとが特に賢そうだったわ」

当の本人が聞いていたら、耳を塞いで逃げ出していたような、手放しの褒めようだ。

深雪としては、自慢のいとこを褒められて嬉しくないはずがない。片眉が誇らしげにぴくぴくと動く。

「でも、気をつけるよう教えてあげたほうがよろしいかもよ。右近の中将さまは、きれいな男子《おのこ》がことのほかお好きですもの」

同僚の発言に、他の女房たちはどよめき、深雪は目をみはった。

「なんですって、それ、本当のことなの？」

「昔から近衛にいる知り合いの話ですもの、確かなはずよ」

「いやいや、右近の中将だなんて、あんな髭面、絶対に似合わないわ」

「そうよ、いとこどののお相手なら、やはりそれ相応につりあうほどの美童でなくては」

「それなら絵になりますわ。右近の中将さまじゃあねえ」

話が妙な方向へ転がり、若女房たちはますますかまびすしく騒ぎたて、笑いさざめく。

そこへ、小宰相の君のよく通る声が、他を圧して響き渡った。

「あなたたち、口を動かすより手を動かしなさい。梨壺の使者のかたが、すぐにいらっしゃるのよ」

いちばん怖い相手に怒られて、騒いでいた女房たちはさっと散っていく。その逃げっぷりは慣れを感じさせた。

深雪も取り繕うように、あたりを片づけ始める。

そのとき、几帳の向こうで、女御がくすっと噴き出すのが聞こえた。いつのまにか、女御がすぐそこにまで来ていたらしい。

深雪は、恥ずかしくなると同時に、おやっと思った。

女御のように身分ある女性は、こんな建物の端近くには寄らぬものだからだ。

(もしかして、夏樹の話に関心がおありだったのかしら)

まさか、そこまではね、と打ち消すが、悪い気はしない。

(さすがよね、夏樹は)

深雪は密かに、ふっふっと不気味な含み笑いを洩《も》らした。もちろん、誰かに気づかれるようなへまはせずに。そこは物慣れない夏樹よりも数段上の感があった。


弘徽殿の女房たちの視線の届かないところまでくると、ようやく夏樹の足どりは落ち着いたものに変わった。

まさか、いまごろ、弘徽殿で噂の的になっているとは夢にも思わない。

それでも、顔は赤くなったままだ。心臓の上に握りこぶしを置くと、まだどきどきしているのが伝わってくる。

弘徽殿の女御のあの薫衣香が、髪や衣装にまとわりついているような気がする。

あんな微かな香りが、移るはずもない。頭ではわかっていても、夏樹としてはそう思い続けていたかった。

このまま急いで持ち場に戻るのはもったいない。赤らんだ頬を同僚に見咎《みとが》められて、あれこれと当て推量されるのも困る。

いろいろ理屈をつけ、夏樹は今夜の幸運を嚙みしめるために、途中の、藤壺《ふじつぼ》の建物のかげで立ち止まった。

(今宵《こよい》、月が見えないのも、この赤い頰を他人の目から隠そうという天の配慮かもしれない)

すっかり舞い上がっている夏樹は、なんでも自分の都合のいいように解釈する。

(女御さまは気安くお姿を見せるような御方じゃないし、今夜以上にお近づきになるのはとうてい無理だけど……)

へらっ、と顔がゆるむ。

(心に密かに想《おも》うだけなら、責められはしないよな)

時が経って冷静になれば、なにを愚かなことを考えていたのかと、恥ずかしくなることと間違いない。

だが、このときはまだ真剣だった。

(桂への返事を受け取りにいったら、またお逢いできるだろうか。深雪にさりげなく、女御さまのことを訊《き》いてみようか)

眉間《みけん》に苦しげな皺まで作って、あれこれと思い続ける。

本当に、天が彼に慈悲をたれたのかもしれない。闇夜だからこそ、できる芸当なのだ。これが明るい満月の夜だったりしたら、誰かに見られるのが怖くて、恰好などつけられない。ありがたいことに、この暗さなら、そういう心配はしないで済む。

油断しきってひとりでニヤついていると、なにか白いものが、ふわりと前を横切った。

思わず、びくっとして表情を引きしめる。

懐から扇を出して顔を隠そうとし、途中でやめる。

なんのことはない、蛾《が》だ。

青みがかった白い翅《はね》を鷹揚《おうよう》にはためかせて、大きな蛾が目の前を翔《と》んでいく。

が、その異常さに気づくと、夏樹は驚いて、白い翅の描く軌跡を目で追った。

(こんな時季に？)

春はまだ訪れたばかり。夜風も冷たく、寒気がぶり返して雪が降ってもおかしくはない頃なのだ。

(不思議な……)

あるはずのない、幻のようなはかなげな姿は、美しいと同時に凶々《まがまが》しい。みつめずにはいられないほどに。

この暗闇の中を、どんな光を恋い慕ってさまよっているのだろうか。

この寒さの中を翔べば、まず間違いなく死んでしまうだろうに、そうと知って最期の力をふりしぼっているようにも見える。

蛾の翔んでいく先には、まだ花のない藤が伸びている。その暗い木かげに立ちつくしている人物が、唐突に夏樹の目に飛びこんできた。

年齢《とし》は夏樹と同じくらいの少年。表が白で裏が赤の桜襲《さくらがさね》の狩衣《かりぎぬ》を身に着け、長い髪を夜風になびかせている。

一瞬、香りだけでどこで咲いているかわからぬ梅の花の精が、人の姿をとって現れたかのようだった。

思わぬところで思わぬ存在に出会った夏樹は、呆然《ぼうぜん》とするしかなかった。

しばらくは何も考えることができず、かなり経ってから、妙な点に気づいてハッと息を飲む。

(狩衣に——髪も結っていない?)

宮中にあがるなら、束帯《そくたい》に冠《かんむり》の正装でなければいけない。

夜間はある程度は略装になってもいいのだが、さすがに狩衣は宮中にふさわしくない。狩りのときの衣装、というわけで、狩衣はかなり砕けたいでたちだった。第一、元服前の童《わらわ》ならばいざ知らず、一人前の男が冠を着用せず、髪も結わないでいるなど通常時でもあり得ない。

だが、少年は臆する気配もなく、大臣の子息といっても通りそうなほど堂々としている。

なおかつ、にじみでる気品は親王《しんのう》にも劣らない。

そして、なにより夏樹を驚かせたのは、その並外れた美貌だった。

白い肌も、切れ長の瞳も、自然に色づいた唇も、男にしておくにはもったいないほどの繊細さだ。

実際、初めは類《たぐ》いまれなる男装の美少女だと間違えたぐらいだった。

けして華奢《きゃしゃ》すぎはせず、背丈も夏樹と並ぶほど高いのに、そう思わせてしまうのだから不思議だった。

彼には昼の陽光《ひかり》は似合わない。淡い月光や星の瞬《またた》き、あるいは今宵のような闇夜がふさわしい。

あの蛾のように、夜に属した美しさなのだ。

（美しくて……凶々しい）

まとう空気すら違って見える。男とは——いや、人とはとうてい思えない。

御所の闇には妖怪変化《へんげ》が跋扈《ばっこ》するというが、この少年も、夏樹をたぶらかそうとして人の姿をとった物の怪かもしれない。

それでも恐ろしくはなかった。

恐怖のつけいるすきもない。あまりの造形のみごとさに、みとれることしかできないのだ。

少年のほうは、夏樹にまったく注意を払わない。存在に気づいてすらいないようだ。闇が凝固したような黒い瞳をかなたへ向けて、瞬《まばた》きひとつせず、立ちつくしている。

その少年が、突然、すっと片手を上げた。人差し指だけ、まっすぐ伸ばして。

桜色の袖から差し出された白い手は、寒さのせいで指先だけ薄く紅に染まっている。

その指に、あの蛾がひらひらとまとわりつく。

とまるかと思わせて、するりとすべり、また戻ってきては、触れるか触れないかのところを行きかう。

しばしその動作を繰り返したあと、蛾は遊び疲れたように少年の指から離れていった。

そのまま暗がりへと翔んでいく様子はいかにも力なく、季節に背いた小さな命がもうすぐ散っていくのを暗示していた。

ところが、蛾が去っていっても、少年は手を下ろそうとしない。人差し指もまっすぐに伸ばしたままだ。

蛾を遊ばせていたわけではない。何かを指差しているのだと、夏樹もやっと気がついた。

おそるおそる、その方向を振り返る。

初めは何も見えなかった。黒一色のひらけた空間があるばかりで。

やがて暗闇に目が慣れてくると、おぼろげながら大柄な人影が見えてくる。

だが、このときばかりは自分の目を疑ってしまった。

（あれは……）

いつのまにか、風の音はぴたりとやんでいる。頬に空気の流れを感じているにもかかわらず。

降って湧いたような静寂の中、身の丈六尺半（二メートル弱）はあろうかという大男が、ひとりで踊っている。

身に着けているのは腰帯ひとつと、仏像を飾るような腕輪と首飾りのみ。そのため、隆々とした筋肉がなおさら強調されている。

ふりまわされる、たくましい腕。乱れるざんばら髪の間からは、小ぶりな角が二本のぞく。

（鬼……！）

だが、いちばん異様なのは角ではなく、その顔だった。

確実に人ではない。身体は人でも、頭部は馬のそれだ。

燃えさかる炎のように輝く目。開いた鼻孔からは荒い息が、熱い蒸気のように噴き出している。

それは、罪を犯し、地獄に堕《お》ちてきた亡者を責めさいなむという、馬頭鬼《めずき》そのままの姿だった。

夏樹は――声もあげず、逃げることもせず、ぽかんと口をあけて冥府《めいふ》の獄卒《ごくそつ》をみつめていた。

弓も剣も持っていて、武装は完璧だが、それを使おうという気も起こらない。具していることすら忘れていた。

目の前の光景が信じられないわけではない。あまりに現実感がありすぎて、疑問をはさむ余地はまったくないのだから。

なのに、当然あるべき『怖い』という感覚が、どこからも湧いてこない。それすら麻《ま》痺《ひ》してしまった。

下手に騒いで注意をひきつけてはならないとの自衛の本能が働いて、思考を凍結させたようだ。

だから、夏樹は何も考えられず、この世ならぬ光景をただ見ていることしかできなかった。

ところが――

ぎゃあぁぁぁぁぁ！

突然、耳をつんざくような悲鳴が響き渡った。

夏樹は反射的に両手で口を押さえた。そうやって、悲鳴の主が自分でないことを確かめる。

本当の悲鳴の主は……。

見回すと、誰かが地面にうつぶせに倒れていた。こちらに向けているのは見覚えのある顔だ。出仕してすぐに、宮中で部下を怒鳴り散らしている現場を目撃したことがあった。あれは、

「衛門《えもん》の督《かみ》さま！」

夏樹は思わず大声をあげた。

当然、馬頭鬼の注意をひきつける結果となるだろう。あの強靭《きようじん》な腕につかみかかられたら逃れられまい。喰《く》いつかれる。首をもぎとられる。

そんなふうに、自分の殺されるさまが、瞬間、ありありと脳裏に浮かぶ。

その不吉な映像が夏樹をつき動かした。

刀の柄《つか》に手をかけて、馬頭鬼を振り返る。

殺される前に、せめて一太刀。捨て鉢な気持ちで、いや、考えるより先にそう決めて動いていた。

が、刀を抜くことはできなかった。その必要はなかったのだ。

あれほど存在感を持っていた馬頭鬼が、どこにもいない。

あの巨体が隠れるような場所はどこにもないのに。

夏樹たちに気づいて、あわてて立ち去ったとしても、足音ひとつたてずにそれが可能だろうか？

とにかく、夏樹は衛門の督に駆け寄り、両肩をつかんで抱き起こした。

衛門の督はパクパクと口を開き、

「鬼……鬼……が」

と、繰り返している。

ふだんは地位をかさにきて威張りちらしている彼だが、こうなるとまるでだらしなく、滑稽でさえある。

夏樹はつい、苦笑してしまった。が、それを見ることなく、衛門の督は白目を剝《む》いて気絶してしまう。

衛門の督の身体の重みが、ずっしりと夏樹の腕にかかる。

贅沢《ぜいたく》な暮らしを送っているのか、彼はかなり肥えていた。さすがに、夏樹ひとりではとても運べそうにない。

「誰か、ひとを呼んで……！」

夏樹は応援を頼むつもりで、藤の木陰にいた少年に呼びかけた。

返事はない。

てっきり彼も気絶しているものと、あるいは恐怖のあまり返事もできないのかと、夏樹は思った。

振り返って同じ台詞《せりふ》を言おうとする。だが、言葉は途中で宙ぶらりんになってしまった。

あの少年がいない。藤の木の下には、闇がわだかまっているばかりだ。

そこだけでなく、あたり一帯に目を配るが、彼の姿をみつけだすことはできない。

(もはや鬼にさらわれて?)

だが、彼の分の悲鳴は聞こえなかった。抗《あらが》った気配も感じられなかった。目を凝らすが、周辺が血で汚れているわけでもない。

馬頭鬼と同じように、いつのまにか姿をくらましたとしか考えられない。それとも、最初からあれは幻だったのか……。

ざわざわとざわめくものが背すじを這《は》い上がっていく。

いったい、自分は何を目撃したのだろう。

地獄の鬼に、人間以上に美しすぎる少年。

(もしかして、あの少年も鬼だったのかも……)

あの消えようからして、少年が人でないのは確実のように思われた。

いまさらながら、そら恐ろしくなってくる。

ほんの少し前は弘徽殿のきらびやかな世界に触れて、夢をみているような心地だった。いまは、悪夢をみている気分だ。

まぎらわそうにも、目の前にいる唯一の人間は気絶していて頼りにならない。それでもいないよりはましと、夏樹は衛門の督を揺り起こそうとした。

「しっかり、しっかりなさってください、衛門の督さま！」

肩を強く揺さぶると、衛門の督の頭ががくがくと揺れて冠が転がり落ちた。試しに頰をつねっても、一向に目覚める気配はない。

「衛門の督さま！」

大声で怒鳴っても、むなしく闇夜にこだまするばかりだった。

泣けど、叫べど、衛門の督は目覚めない……。

夏樹はとうとうあきらめて、気絶した衛門の督を背負っていくことにした。ところが、苦労して背負いこんだものの、二、三歩も行かぬうちに息があがってしまう。これでは、右近の陣までたどりつく前にへたばってしまうだろう。

（どこか、もっと近いところで……）

ふらふらしながら進んでいくと、前方に明かりが見えてきた。滝口《たきぐち》の陣――宮中警固の武士たちの詰め所だ。

夏樹が力を振りしぼって駆けこむと、当然のことながら、滝口の陣は大騒ぎになった。

夏樹はかまわずに衛門の督の巨体をそこらへんに下ろし、早口でこれまでの経過を説明した。馬頭鬼のこと、そのせいで衛門の督が倒れたことを。

話し終わるや否や、あとは任せたとばかりに、早々に退散しようとする。ところが、夏樹は後ろ衿《えり》をつかまれて、ぐいっと引き戻されてしまった。

「ちょっと待った」

振り向くと、四十すぎぐらいの武士が、厳しい目つきでこちらを睨《にら》んでいる。

「このお荷物はなんだ」

彼は、大の字に横たわっている衛門の督を顎で指した。

「こちらは、衛門の督さまですが……」

「そんなもの、見りゃわかる」

滝口武士の乱暴な言いように、夏樹は面食らってしまった。

上流とはいえないものの、夏樹もいちおう貴族の子息だ。装束からして、だいたいの地位はわかりそうなものなのに。

(武士っていうのは……こういうものなのかな……?)

とまどう夏樹にその武士は、矢継ぎ早に詰問する。なぜ衛門の督が気絶しているのか、何を目撃したか、と。

さっき話した中にその説明は含まれていたはずだが、聞いていなかったのだろうか。

夏樹は仕方なく、さきほどと同じことを、今度はゆっくりと話して聞かせた。しかし、武士の表情の厳しさは変わらない。

どうやら、夏樹が宮中でまだ顔を知られていないのが不利に働いているらしい。

「おまえが衛門の督さまになにかしたのではないか？」

と、相手の目が言っているような気までしてきた。

気がつけば、滝口の武士たちに囲まれて、同じような好意的でない視線を浴びせられているではないか。

これは、なんとかして理解してもらわないと、この陣から離れることも許してもらえかねない。

「そうだ、他にも現場を見ていた者がいるんですよ！」

夏樹は勢いこんで狩衣姿の少年のことを語った。ところが、みなまで言わぬうちに武士たちは笑い出す。

「狩衣の若者など、内裏では見かけたこともないわ」

夏樹はむきになってなおも言いつのろうとしたが、例の武士にさえぎられてしまった。

「では、滝口の守りに不備があったと申すのか？　そんな怪しい者が陣のそばをうろつけるほど、我らの目は節穴だと？」

「そんなつもりは……」

困り果てているところへ、誰か呼びにいったのか、右近の中将が駆けつけてきた。あの髭面が頼もしく見える。これで解放されると思ってホッとしたのもつかのま、右近の中将は開口一番、

「何がどうしたんだ？　詳しく説明しろ」

結局は説明する手間が増えただけだった。

面倒くさくなって大雑把《おおざつぱ》に話そうとすると横で聞いている武士が、

「さっき言っていたのと違うぞ」と叱る。

それでも、夏樹は狩衣の少年のことまでは言えなかった。

夏樹がそこをはしょっても、武士は口をはさまない。この点に関しては、はなっから信じていないらしい。

気絶した衛門の督をここまで運んできたのは自分なのに、なんでこんな目にあうんだろうと夏樹が思っていると、突然、武士たちがざわめき始めた。

衛門の督がようやく正気づいてくれたのだ。

「衛門の督さま！」

その場の誰もが衛門の督に駆け寄り、その言葉を待つ。夏樹のときの態度とは比べようもない。

やがて、一同の見守る中で衛門の督はぱっちりと目をあけた。ひとりひとりの顔を見

回し、下膨れ気味の頬を細かく震わせたかと思うと、

「……鬼……！」

その一声を発して、衛門の督はまた気を失う。

滝口の陣はさきほど以上に大騒ぎとなった。これで、御所に鬼が徘徊《はいかい》していることがはっきりしたからだ。

いくら武芸に優れている武士でも、超自然のものに対する恐れは変わらず持ち合わせている。おびえるのは無理からぬことだった。

混乱する滝口の陣に、ふいに鋭い声が飛んだ。

「静まれ！」

誰もが一瞬、動きを止める。

そこへ、ここぞとばかりに、右近の中将が畳みかけるように命じた。

「ここではらちがあかん。誰か、衛門の督どのをお運びしろ。医師《くすし》を叩き起こしてこい」

武士たちはあたふたと指示に従う。

夏樹はどうしたものかと迷って立ちつくしていると、右近の中将にぐいっと後ろ衿を引っぱられた。

「右近の陣に戻るぞ」

そう言って足早に歩いていく。夏樹はすぐに上司を追った。

衛門の督のたったあれだけのうわ言でみんなが納得したのには夏樹も腹がたったが、もう説明を繰り返さずに済むのだけはありがたかった。

あの滝口の武士たちも、これで重い腰を上げるだろう。自分たちも右近の陣に戻って態勢を調え、鬼の捜索に向かうのだ——と、夏樹は信じて疑わなかった。

しかし、途中でちらりと彼を振り返った右近の中将は死人のように青ざめた顔をしていた。瞳に映るのは、色濃い恐怖だ。

驚いた夏樹は、すっと右近の中将の横に並び、自分が目にしたものをさらに確認しようとした。

「右近の中将さま……」

「しっ」

圧《お》し殺した声は、木の葉のこすれあう音のよう。滝口の陣で命令したときの威厳はどこにも残っていない。

「陣に戻って——鬼を追う準備を整えるのでしょう?」

たまらずに、夏樹はそう問いかけた。右近の中将は歩調を変えぬまま、まじまじと夏樹をみつめる。

「われらがなぜ、そんなことをするのだ?」

意外な答えだった。

確かに、夏樹とて物の怪は怖い。正体不明であればなおさらだ。

しかし、彼が目撃した鬼はぼんやりとした霊魂ではなく、ちゃんと血肉を備えていた。血肉があれば手傷も負う。剣や弓矢で倒せるはずだ。

武官が戦う前からあきらめていいわけがない。もっとも、この時代の近衛は武官としての役割は弱まり、上級官は摂関家などの有力貴族の栄誉職となって、下級官も儀礼の際の楽舞などを主な職務としていた。

右近の中将も、武官らしく振る舞おうとは考えていないのが明白だった。人外《じんがい》のものにはかなわないと、はなから決めてかかっているのだ。

夏樹は失望したが、それを隠そうと口をつぐんだ。

夏樹が黙ったのを理解してくれたととったのか、右近の中将の表情が少しばかり和《なご》む。と同時に、濃い眉の下で彼の目によからぬ光がちらついた。

夏樹はうっかりそれを見落としてしまった。そのすきをついて、中将は急に立ち止まると、がばっと夏樹を抱きしめる。

突然のことに、夏樹は棒を飲んだように立ちつくした。その耳もとで、右近の中将は熱っぽくささやく。

「よう耐えた。怪我はなかったか？　怖くはなかったか？」

他にもいろいろと、猫撫《ねこな》で声で語りかける。

夏樹は返事もできずにいたが、頭の中ではこの混乱を収拾しようとやっきになっていた。

もしかして、右近の中将は怖さを紛らわすために、抱きついたり、無駄にしゃべったりしているのではないか――

少なくとも、夏樹はそう理解した。それがいちばん納得できる答えだったのだ。

つまり、自分が衛門の督を一生懸命目覚めさせようとしたのと同じ理由で、しがみついてきたのであろう、と解釈したわけだ。

情けないような、気の毒なような、複雑な心境になってくる。とにかく、相手は上司なのだからと耐え忍んでいると、右近の中将の両手が夏樹の背中をざわざわ這いまわり始めた。

「かわいそうに、こんなに震えて」

震えているのは怖いからではなく、気持ち悪いからだ。しかし、面と向かってそうは言えない。

相手が抵抗しないのをいいことに、右近の中将は夏樹の頰に固い髭をざりざりと擦《す》りつける。その表情はとても嬉しそうだが、夏樹には見えない。

背中を這いまわる右近の中将の両手は、次第に下へと降りていった。夏樹もさすがにそれに気づいてはいたが、どう言ったら止《や》めさせられるのか見当もつかない。

腰のあたりを撫でまわされつつ、夏樹は歯を食いしばる。

（いつまで我慢すれば終わるんだろうか……）

我慢も何もおのれの貞操が風前の灯《ともしび》だということを、本人はまったくわかっていない。

が――右近の中将にとっては待ちに待った好機、夏樹にとっての苦難の時間はあっという間に終わってしまった。

「右近の中将さま！」

と、第三者の甲高い声が響き渡ったからだ。

右近の中将がバッと夏樹から離れる。振り返ると、夏樹と同じ右近の将監《じょう》である光行《みつゆき》が、手にした松明《たいまつ》よりも目を爛々《らんらん》と輝かせて、こちらを睨みつけている。

「み、光行か、出迎えご苦労。しかし、すぐ陣に戻らねばならん。大変なことが起こったのだ」

右近の中将はそう言うと、夏樹の腕を引いて早足に歩き出した。

光行もその後ろからついてくるが、まるでふたりを見張っているような厳しいまなざしを向けてくる。

そういうふうに怖い顔で睨みつけられる理由が、夏樹にはどうしても思い浮かばないのだが……。

どこか尋常でない光行に見張られつつ、夏樹と右近の中将は、自分たちの陣に帰還した。

陣に戻ると、右近の中将はいつもの威厳を取り戻し、不審な顔で待っていた部下たちに対して、手短に事の次第を伝えた。

話が進むにつれ、どよめきと動揺が陣を満たす。みんなの顔に恐怖が浮かぶのを、夏樹はひそかに観察していた。

すぐにも確認に出ようと訴える者はひとりもいない。誰もが右近の中将と同じく、鬼にはかなわないとはなから諦めているのだ。

結局、御所内を調べに出ることは出るが、すべては明日の朝に、ということになった。

それが、形ばかりとなった近衛の自負と原始的な恐怖との妥協点だった。

そうして、眠れない一夜が過ぎていった。

夜明けが来ると同時に、内裏を探索する隊が組まれる。夏樹は同僚の高則《たかのり》と組むことになった。

高則は夏樹と同じく受領《ずりよう》の息子であるせいか、割に親しく接してくれる相手だ。

武芸の腕前のほうはどうか知らないが、彼と組めて夏樹は心底ほっとしていた。

ここぞとばかりにしっかりと武装した近衛の者たちは、内裏の各所へと散らばっていく。

夏樹と高則は数人の舎人《とねり》（宮中の雑役《ざつえき》係）とともに、御所の西側の梅壺《うめつぼ》あたりを探し回っていた。

ところが、ここでは何もみつからない。夏樹があせり始めていると、高則がぼそりとつぶやいた。

「あれはまずいぞ」

「えっ」

舎人たちには聞こえないよう配慮したのか、高則はさらに声を落とす。

「馬鹿にしたような顔してただろ」

高則がなんのことを言っているのか、夏樹は本当にわかっていなかった。

「いつ？　誰を？」

高則はあきれたようにため息をついた。

「中将さまがあの話をなさっていたとき、すくんでいたおれたちを小馬鹿にしたように見てただろうが」

『鬼』という言葉を口にしたくないがために、高則はわざわざ『あの話』とごまかしたのだ。

なんのことだか、ようやく夏樹にも飲みこめた。しかし、馬鹿にしたつもりはこれっぽっちもなかったはずだ。

それを説明しても、高則は不快そうな表情を崩さない。

「でも、あの夜中に……を探しに飛び出していきかねなかったぞ。おまえひとりが出ていったら、他の者も行かざるを得ないじゃないか。それで、無駄死にする者が出たかもしれないんだぞ。手柄をとりたいのはわかるが、迷惑だ」

夏樹の顔を見ようとせず、ときどき語尾を濁らせる。そうやって高則は、言いたくないことをあえて言っているんだと暗に示していた。

夏樹は呆然とする。

昨夜の右近の中将のおびえぶりも驚きだったが、近衛全体がそうなのだと知って、さらに驚いたのだ。

田舎暮らしが長い夏樹は、夜の御所は昼のように明るいと思っていた。いつでも宿直《とのい》の者がたくさんいて、松明の明かりもあちこちでまぶしいほどに燃えさかっている。闇夜の山中にひとり取り残されるのとは違うはずだ。なのに、どうしてこれほどまでに恐怖心を抱《いだ》くのか。こんなふうで帝をお守りできるのかと、本気で疑いたくなってくる。

(いや……、こうやって言ってくれるだけましなんだ。他の連中は陰口しか叩かないじゃないか)

心の中で高則を擁護し、夏樹は不承不承、彼に頭を下げた。

「悪かった。そんなつもりはなかったんだが」

下手《したて》に出ると、ようやく高則は機嫌をなおしてくれた。

「わかってくれればいいんだよ」

そう言われて安心しながらも、夏樹は釈然としないものを感じていた。

「あれだな。きっと、何かの見間違いだよな。仮に本物だとしても、夜が明けたからには、どこかに行ってしまっているよな」

高則は賛同してもらいたがっている。だが、夏樹にはそれができなかった。

彼はその目で鬼を見てしまったのだ。はっきりと。

あれは幻ではない。目の裏に焼きついて離れないほどなのに、このまま知らぬふりをすれば、自分は右近の中将と同じになってしまう。

しばし考えこんでから、夏樹は突然、高則に耳打ちした。

「悪い、ちょっと独《ひと》りで行ってくる」

言い終わらぬうちに背を向けて走りだす。高則が驚いて呼びかけても立ち止まろうとしない。

「行くって、どこへだよ。どうしたんだよ、おい！」

「うまいこと、ごまかしておいてくれよ。舎人たちは、高則の指示にしたがってくれればいいから」

怒る高則や、呆然と見送る舎人たちにそう言い残し、夏樹は藤壺へと向かった。昨夜、鬼と狩衣の美少年を目撃した場所へ。

鬼への恐怖心はあれど、それよりも事実を深く知りたい気持ちのほうが、僅差でまさっていた。もう一度、あそこへ行って、自分の目で確かめずにはいられなかったのだ。

梅壺からまっすぐ南下して、藤壺をめざし走っていた夏樹は、前方の人だかりに気づいてなおいっそう足を速めた。

集まっているのはほとんどが滝口の武士だった。

彼らの間に緊張感がただよっているのが、離れている夏樹にも強く感じられる。

(なにかみつけたんだ)

確信して人だかりに分けいっていく。

その中に、昨夜、夏樹の言葉尻をとらえて突っかかってきた年長の武士がいた。

「どうされました」

近寄って耳もとで問いかけると、武士はびくっと肩を揺らして振り向いた。

夏樹を見つめ、無言で顎をしゃくる。彼が顎で指した方向へ、夏樹はゆっくりと視線を移動させた。

若い滝口の武士がしゃがみこんで地面を探っている。地面に点々と残されているのは、何かの足跡だった。

はじめは獣の足跡だと思った。砂地にくっきりと爪の形が見えたからだ。

だが、該当する動物を思い浮かべることができない。

牛や馬とは形が異なる。大きさからすると熊のようでもあるが、やっぱり形が違いすぎる。鋭い爪さえ無視すれば、人の足跡に近い。

だが、そちらよりも強く夏樹の注意をひきつけたのは、もうひと種類、別の足跡だった。

数は少なく、うっかりすると見落としてしまいそうなほど小さい。形は間違いなく人間のものだ。

たいそう幼い、子供の足跡に思えた。

こんなものが、正体不明の足跡といっしょにあるとは――

夏樹は必死に記憶の糸をたぐった。昨夜のあの鬼の、舞うような動きをできるだけ克明に思い起こそうとする。

鬼の足もとを、なにか小さなものがよぎってはいなかったか？

その小さなものは、鬼が振り上げた腕から逃げまどっていたのではないか？

最悪の想像が夏樹の頭に浮かぶ。

（もしや、子供が……!?）

動揺が露骨に顔に出たのだろう。例の年長の武士が夏樹を安心させようと首を振った。

「同じような足跡が内裏の北側でもみつかったそうだが、子供のものがあるのはここだけだ。怪しいものを見たとか襲われたとかいう者は、いまのところ名乗り出ていない。おまえと衛門の督さま以外はな」

「でも、御所の外からさらわれてきた子供かも……」

その可能性のほうが大きい。

御所内にも殿上童《てんじょうわらわ》や女童《めのわらわ》、牛飼い童など、子供はいるが、こんな小さな子はさすがにいない。

鬼に襲われた子供が御所と関係のない庶民の子であれば、上層部の関心は薄まる。問題点は残るが、とりあえず警固の責任は軽くなる。

この場の誰もが、事態が楽なほうへ流れることを願っていた。

ただ、夏樹だけがそんな気持ちにはなれずにいた。

一歩間違えば、自分が被害者になっていたかもしれないのだ。いたいけな子供が身代わりになってくれたのかと思うと、よけいにつらくなってくる。

まだそうと決まったわけではない、死体もみつかっていないじゃないか——そう言い聞かせても、不吉な想像はしつこくまとわりついて離れようとしない。

みつかった足跡があたりを徘徊するものばかりというのも引っかかった。つまり、鬼はここから出ていっていないかもしれないのだ。

みんな気づいているはずなのに、恐怖のためか、面倒をさけるためか、あえて口にしようとしない。

（このままで済むはずがない……）

夏樹の懸念を裏づけるように、若い武士が大声をあげた。

「こちらに血の跡が！」

人だかりがそれに反応して、ざわっとうねった。血の跡を追って東へ東へと生き物のように移動する。

夏樹も押されるまま、その動きに従って歩いた。

ひとりだったら、進めなかったかもしれない。不吉な予感が現実になりそうで、怖くて。

最初、針で突《つつ》いたようなわずかだった血痕が、次第に大きくなっていく。血の金属《かな》くさい臭いが強くなる。

やがて、一行は内裏の東のはしの建物、梨壺までやってきた。血はまだ続き、まっすぐに梨壺へ向かっている。

ここに住まう妃は、梨壺の更衣。もしや更衣の身になにか。みんながそう思ってあわて、早足になった。

近寄ってみると、梨壺では半蔀《はじとみ》が下ろされたままで、妻戸《つまど》も閉められていた。まだ朝も早い時刻ではあるが、そろそろ人が起きだしてもいいころだ。なのに、殿舎はしんと静まり返っている。

中の様子を見にいくべきか、一行が迷っていると、妻戸のひとつが内側から静かに開けられた。

そこから顔を覗かせたのは、梨壺の更衣に仕える女房だった。

女房はか細い声で夏樹たちに訴える。

「北側の簀子縁《すのこえん》に……」

これだけ言うのにも相当な気力が必要だったらしく、女房は震える口もとを袖で隠したっきり、黙りこんでしまった。

彼女をその場に残し、夏樹たちは早速、殿舎の北側へと駆け出していく。

女房のおびえようや血痕から、この先に何があるのか、大体の予測はついていた。

それでも、現場にたどりついた途端、誰もが凍りついたように立ちすくんだ。

翼を広げた大きな鳥が、簀子縁の勾欄《こうらん》(手すり)から逆さまにぶらさがっている——

最初はそんなふうに見えた。

もちろん、錯覚にすぎない。

あおむけになって勾欄から上半身を投げだしているのは、まだうら若い女房だ。

彼女の長い髪は地面に到達してなお余り、ゆるやかなうねりを描いている。ほんの少し開いた唇にも、ひとすじの黒髪がからむ。

小さな顔は青ざめ、驚いたように目を見開いているが、そこには何も映っていない。それもそのはず、女房の喉はずたずたに裂かれ、大量の鮮血があたりに飛び散っていた。簀子縁の床板はもちろん、閉ざされた半蔀に、天井の梁《はり》にまで。

なのに、女房の顔はほとんど汚れておらず、細い顎に花びらのようなほんの少しの血が落ちているだけ。

目をそむけたいほどむごたらしく、目を離せないほど美しい。

広がった梅襲《うめがさね》――表が白で裏が蘇芳《すおう》（赤紫）――の唐衣の上を、細い黒髪が、赤い血が、からみあいながら流れている。それすらも名人の筆によって描かれた絵のようだ。長くも短い不思議な時間に終止符を打ったのは、昨夜、夏樹をてこずらせた、あの頑固な滝口の武士だった。

「誰か――あの女房どのを下ろしてさしあげろ」

さすがに語尾が震えていたが、他の者の呪縛を解くのには十分だった。

我に返った男たちが、死体を勾欄から下ろしたり、上司に知らせに走ったりと、梨壺のまわりはがぜん騒がしくなった。

夏樹も右近の陣に走ったが、その間ずっと夢の中を進んでいるような心地がしていた。

これは本当のことなんだろうか。昨夜のことも含めて、すべては悪い夢ではないのか、と——

新たに脳裏に焼きついた光景が、夏樹をさらに幻惑する。

勾欄にぶらさがった女房の死体。哀れで、むごたらしくて、そして……なんと妖《あや》しく美しかったことか。

そんなふうに感じている自分自身が恐ろしくもあった。

夏樹はけして振り返るまいと決め、右近の中将への報告のことだけを考えようと努めて走り続けていた。

第二章　虚無の瞳

「知っている？　梨壺《なしつぼ》で殺されていた女房、昨晩、更衣《こうい》さまのお使いで弘徽殿《こきでん》に来ていたひとだったのよ」

夕刻、夏樹が弘徽殿を訪れると、開口一番、深雪《みゆき》はそう言った。

例の一件は当然、彼女の耳にも入っていたのだ。

そう——梨壺の北の簀子縁《すのこえん》で女房の死体が発見されてからというもの、宮中は大変な騒ぎとなった。

正体不明の足跡が外に出ていっていないのが、やっと取り沙汰されるようになり、また騒ぎに拍車がかかる。

警固の者も増やされ、しらみつぶしに御所は調べられたが、その後の足取りを示すものはもちろん、新たな発見は何もなかった。

そのため、少ない手がかりをもとに、さまざまな憶測がささやかれた。

物《もの》の怪《け》は京の町で子供をさらい、御所に連れてきてひと口で食べた。たまたまそこに来あわせた女房を殺し、空を飛んで逃げたのだ、とか。

しかし、この説だと、物の怪といえど、なぜわざわざ御所で子を喰《く》おうとするのか理解に苦しむ。

また別の説で、御所に忍びこんだ物の怪は女房を殺したあと、なお他の者をも狙っていたが、護法童子《ごほうどうじ》（仏法の守護神。子供の姿をしている）に退治されてしまったのだ、というのもあった。

子供の足跡を護法童子が残したものと解釈したのだが、これも虫のよすぎる考えといえよう。

要するに、物の怪がまだ宮中にいるとは誰も思いたくないのだ。

他にも、根拠のない説や曖昧な証言がいくつも出ては消え、夏樹たちはそれにさんざんふりまわされる結果となった。

そんな実のない捜査がやっと一段落つくと、今度はもうひと晩の宿直《とのい》を言い渡されてしまった。鬼の話を聞いて、予定の者が熱を出し、早々に退出してしまったというのだ。

もちろん断ったが、人手が足りないのだと説得され、承諾しないわけにはいかなくなった。

他にも雑用を言いつかったりと、そんなこんなで、夏樹は夕方になってからやっと、深雪のところへ行く暇をみつけたのだった。

「そのひと、更衣さまの女房で、侍従《じじゅう》の君《きみ》っていうの。うちの女御《にょうご》さまが梨壺に貸した絵巻物を届けてくれたのよ。ところが、梨壺のほうでは、侍従の君の帰りがあんまり遅いんで心配になって、でも見にいくわけにもいかないし、待ちくたびれて寝てしまったんですって。それで、翌朝いちばんに起きた女房が、北の妻戸《つまど》をあけようとして、変わり果てた侍従の君を発見したっていうのよ」

弘徽殿の簀子縁に腰かけて、深雪はぺらぺらとしゃべる。

階《きざはし》に座って、夏樹はふんふんとうなずき、その声に耳を傾けている。

周囲にはふたりのほか、誰もいない。深雪の口調もぐっとくだけて、素《す》の彼女に近くなっていた。

「弘徽殿《こちら》にお使いにたてるぐらいのひとだから、美人で賢くて昔からの女房で、梨壺の更衣さまの大のお気にいりだったそうよ。死体を発見した女房も、気を失いそうになりながら、それでもがんばって滝口《たきぐち》の武士たちに非常事態を知らせたっていうんだから偉いわよね、あちらの女房たちも」

この事件に直接たずさわっているはずの夏樹より、細部に詳しい。女同士の情報網にはあなどれないものがあった。

「お気の毒に、更衣さまは心痛のあまり伏せってしまわれて、お食事もなさろうとしないんですって」

「衛門《えもん》の督《かみ》さまも寝こまれたまま、ご自分のお邸《やしき》に戻られても一向に具合がよくならないらしいな」

「あんな醜男《しこお》はどうだっていいのよ」

深雪はぴしゃりと言い放った。

「鬼気《きき》にあてられたとかいって熱を出しているらしいけど、なんのことはない、ただの臆病者なのよ。馬頭《ばとう》の物の怪を見たなんて言っているけれど、見ただけで触ってもいないし声を聞いてもいないんでしょ。それに、もうひとりの目撃者はここにいてピンピンしているじゃない。威張ってばかりでいけすかない、あいつは気持ちがしっかりしてないから物の怪につけこまれたのよ」

ずいぶんと辛い評を下す。宮仕えの鬱憤《うっぷん》がたまってるんだろうか……と思いながら、夏樹は深雪のよく動く口をみつめた。

「あんなのよりも大変なのは梨壺よ。本当にあちらは災難続きよね。いたいけな皇子《みこ》さまは病で亡くなられて、今度は女房が物の怪に襲われるなんて。ズッタズタのグッシャグシャだったんですって？」

「は？」

夏樹がきょとんとしていると、深雪はしかめっ面《つら》になった。ものわかりの悪いやつ、と目が言っている。

「だから、死体よ、死体」

「……ズッタズタのグッシャグシャとまではいってなかったけど、こう、喉が大きく裂けてて」

「きゃあ」

深雪は小さく悲鳴をあげると、檜扇《ひおうぎ》で顔半分を隠した。肩は小刻みに震えだす。

「それが刃物の傷じゃなく、まるで獣に嚙《か》みちぎられたようにぎざぎざで。血もいっぱい出てて、あたり一面に飛び散って」

「ああ、恐ろしい」

「……目が輝いてるぞ、おまえ」

深雪は檜扇を閉じ、ぺろりと舌を出した。

「亡くなられたかたにはお気の毒だけど、鬼に殺された死体がどんなふうだったか、見てみたい気が少しだけするのよね」

明らかに、現物を見ていないからこそ言える台詞《せりふ》だ。夏樹はあきれ、大仰にため息をついてみせた。もちろん、それを気にするようないとこどのではない。

「この近くにも鬼の足跡があったんだぞ。怖くはないのか？」

ふいに深雪は身を乗り出し、右手を伸ばしてきた。その人差し指が夏樹の唇をかすめて離れる。

「だめよ、鬼だなんてはっきり口にしては。名前を呼ぶと現れるっていうでしょう」

本当は少しどきりとしたのだが、深雪があんまり無邪気に笑っているので、変に考えてはいけない気がして夏樹も笑ってみせた。

「あら、それ……」

深雪が何かに気づいたのか、急に声の調子を下げる。

「どうしたの？　頬のところに傷がついてるわよ」

言われて触ってみると、左頬の下あたりが確かにざらついている。

「ああ。これはたぶん、右近《うこん》の中将《ちゆうじよう》さまの髭《ひげ》がこすれたあと……」

「なんですって！」

深雪は、夏樹がびっくりするような、すっとんきょうな声をあげた。

「まさか、あなた、もう……おっと」

深雪はこほんと咳《せき》ばらいして、いまの言葉をごまかした。

「ど、どうして、そんなとこに髭をこすりつけられたのよ」

「昨夜《ゆうべ》、滝口の陣から戻るときに、いきなり抱きつかれたんだよ」

「まあ……」

なんで、そんな目でじろじろ見られるんだろうと思いつつ、夏樹はそのときのことを「よほど恐ろしかったらしくて……」と説明した。

「あんまり広めないでくれよ。右近の中将さまも、鬼を怖がったなんて噂《うわさ》がたったら外聞悪いだろうし」

話をそうしめくくると、深雪は扇を手の中で弄《もてあそ》びながら、

「ええ、ええ、外聞が悪いでしょうよね、ホントに」

そう言って、つんと上を向く。

何かまずいことを言ってしまったようだが、いまの話のどこがまずいのか、夏樹には皆目見当がつかない。

「夏樹ったら、ずいぶんと右近の中将にかわいがられているみたいね」

「それは、父上がいろいろ届け物をしたから……結局はそのおかげで、こうやって近衛《このえ》の職につけたわけだし」

「叔父《おじ》さまと右近の中将って、仲がいいの？」

「ああ。周防《すおう》に下る前から懇意にしていたらしいね」

唐突に、深雪はぱらりと扇を広げて顔を隠した。扇の向こうから、小さな――げんなりしたようなつぶやきが聞こえた。

「……いま、美しくない想像をしてしまったわ」

「？」

なんのことを言っているのか訊《き》こうとすると、深雪は急に話題を転じ、夏樹の太刀《たち》を

指差した。

「それ、叔母さまの形見の太刀よね」

「ああ……父上が新品の太刀を用意してくれたんだけど、どうも派手すぎてね。こっちを持ってるほうが落ち着くし」

夏樹の母親が死の間際、たったひとりの息子に託した唯一の形見。

不遇な晩年をおくった曾祖父《そうそふ》の持ち物と聞いている。苦労した御方《おかた》だから、それだけ親身になって子孫を守ってくださるだろう、と母はよく言っていた。

「その太刀が夏樹を守ってくれたから、物の怪を見ても平気だったのかもね」

そう言われるとそんな気になってくる。

「そうかもなあ……」

亡き母の話が出たことで、和《なご》やかな空気がふたりの間を流れた。さきほどのつぶやきの意味を訊きそびれてしまったが、すでに、どうでもいいかという気分になっていた。

なんだかんだと言っても宮中で夏樹がくつろげるのは、こんなふうに深雪といるときだけだった。職場の近衛府では友人をつくることもできない。話ができる同僚は高則《たかのり》くらいのものだ。

あんなよそよそしいところには戻りたくない、と思うが、そういうわけにもいかなかった。

「そうだ、桂への返事は？　それをもらいにきたんだよ」

「ええ、ちゃんと書いておいたわよ」

深雪は懐から結び文《ぶみ》を取り出し渡してくれた。その紙に、深雪がたきしめている香の匂いが移っていた。種類は弘徽殿の女御と同じ薫衣香《くのえのこう》だが、深雪なりに工夫をしてあるので違う趣の香りになっている。

これを受け取ったら、早速帰らねばならない。この非常時に女房のところへ行っていると知れたら、また風当たりが強くなる。

もう戻ると告げると、深雪もうなずいて立ち上がった。

「こっちも、もうしばらくしたら加持祈禱《かじきとう》の僧侶たちがやって来るしね。きっと今夜は一晩中、重低音の読経《どきょう》を聞かされるのよ。眠れるかしら」

「加持祈禱の僧侶？」

「あんなことがあったんだもの。侍従の君の供養のためにも、厄払《やくばら》いのためにも、仁和《にんな》寺《じ》から坊さんが来て、お経を読んでくれるのよ。梨壺には陰陽寮《おんみようりよう》から陰陽師《おんみようじ》が来て、血でけがれた場所を祓《はら》い清めたあと、夜を徹して魔除《まよ》けのまじないをやるんですって」

陰陽寮とは宮中の役所のひとつで、暦《こよみ》の作成、天文の観測、吉凶占いを職務としていた。いわば、国家が認めたまじないの専門家集団なのだ。

今夜はあちこちの殿舎で僧侶や陰陽師が呼ばれ、おどろおどろしく盛りあがることだろう。

想像するだに頭が痛くなってきた。

今夜こそ自宅に帰ってゆっくり休みたいと切に願ったが、いまさら無理な話だった。

夏樹は密《ひそ》かにため息をついてから、ふらりと立ち上がった。

「それじゃあ、これで」

「ええ、桂によろしくね」

深雪は笑顔で檜扇を振ってくれた。


いとこの夏樹が去ってから、深雪は弘徽殿の廂《ひさし》の間《ま》に移動した。

そこでは同僚の女房たちが集まっていて、なにやら噂話に花を咲かせているところだった。話題は当然、死んだ侍従の君のことだ。

深雪がその中に加わると、女房のひとりがそっと顔を寄せてささやきかけた。

「いとこどのがいらしていたようね。何を話していたの？」

「さあ……秘密よ」

深雪はあでやかに笑ってみせる。

彼女が舌を出したり、むごたらしい死体の話に目を輝かせたりする場面など、誰も想像できないだろう。

　それでも、深雪には猫をかぶっているつもりなどない。

たしなみ深い女房の自分も、いとこと無遠慮に語らっている自分も、どちらも真実だと思っている。

　そこが男の夏樹には理解できないらしい。深雪はときどき、そんないとこに訳もなく腹がたつのだった。

「ねえねえ、わたしの文はちゃんと渡してくれたんでしょうね」

　同輩の女房が小声でささやき、しつこく袖を引く。

「ああ……もちろん、ちゃんと渡したわよ。でも、いとこはそういうことにまるっきりうといから、返事は期待しないでいてね」

　本当は、夏樹宛ての恋文など、すべて深雪が握り潰していた。

　右近の中将のことだけでも心配なのに、これ以上悩みの種は増やしたくない。それが正直な理由だ。

「おかしいわね、わたくしの文に堕《お》ちない男なんて、いままでひとりもいなかったのに」

「あらまあ、あなたも文をあげたのね？」

　別の女房が話に加わってきた。

「わたくしもまだお返事いただいていないのよ。本当に渡してくれたのかしら」

「それはもちろん。ただ、何度も言うように、田舎《いなか》育ちだから文のやりとりに慣れていないのよ」

深雪はあくまで、しらを切りとおす。

「もしかして、意中の人でもいるのかしら」

「まさか、右近の中将さまだったりして」

「いやだわ、あのかたにだけは負けたくないわ」

同輩たちがどっと笑う。おちがついたところで、話題は殺された女房の件に戻った。

女同士のたあいもないおしゃべりのようでいて、これがなかなかあなどれなく、居ながらにして御所の隅から隅までがわかってしまうのだ。

侍従の君の遺族の嘆きようや、衛門の督のその後の病状、陰陽寮から梨壺に派遣される陰陽師はまだ二十歳《はたち》と若く、なかなかの美男子らしい、などなど。

そうやって噂話に花を咲かせていると、小宰相《こさいしょう》の君《きみ》が顔を出した。

「まあ、あなたたち、こんなところにいたのね」

小宰相の君は弘徽殿の女御の乳母《めのと》の子。

幼い頃から姉妹のようにともに育ったため、女御の信頼も厚く、弘徽殿の中での発言力も強い。しかも真面目《まじめ》で、いつもきびきびとしている。

女房たちはあわてて居住まいをただした。

「そうそう。いつでも気を抜かないようにね。ましてや、今夜は梨壺の更衣さまがいらっしゃるのだから」

深雪はみなに代わって、恐る恐る小宰相の君に尋ねた。

「更衣さま御自《おんみずか》らがですか？」

「ええ。梨壺はいま、あんな状態ですからね。お付きの女房たちがおびえきって、実家《さと》に帰る者も多いとか。更衣さまも、こんなに人が少なくては心細いとおっしゃられて、それで、弘徽殿においでになるようにと女御さまが提案なされたの」

なるほど、と深雪は感心してうなずいた。

本来ならば、帝《みかど》の寵愛《ちょうあい》を競い合う立場のふたり。こうやって気遣いにあふれた交流を持つなど、本当に珍しいことだった。

他の女房たちも感嘆の吐息をもらした。

「さすがは女御さま」

「なかなかできないことですわ」

けして、うわべだけのつきあいでも駆け引きでもない。

女御にとって更衣は恐れるに足りぬ相手、あえてそんなことをする必要はないのだ。

なぜなら、女御の実家は飛ぶ鳥落とす勢いの左大臣《さだいじん》家。それにひきかえ、更衣は後見役だった父の大納言《だいなごん》をつい先頃亡くしたばかり。

実家の権勢も、後宮《こうきゅう》での身分も、弘徽殿の女御のほうが格段に上だった。

唯一、いまだ子に恵まれないという点をのぞけば――

小宰相の君の指示で、女房たちは梨壺の更衣を迎える支度にとりかかった。

そうやって総出で万事きれいに整え、更衣を待つ。女御も御簾《みす》の向こうに控えている。

関係は良好だったが、それでも『競合相手をわが陣営で迎え撃つ』といった緊張感が女房たちの間にみなぎっていた。深雪も例外ではなく、好奇心が満たされる瞬間をいまかいまかと待ち構えている。

やがて、梨壺の更衣は数人の女房をともなって弘徽殿にやってきた。

「ようこそおいでくださいました」

女御の代理として、小宰相の君が口上を述べる。他の女房たちはうやうやしく頭を下げる。

深雪は我慢できずに、ちらりと更衣を盗み見た。

伏し目がちに微笑《ほほえ》んでいる更衣は、小柄で可憐《かれん》な女《ひと》だった。

弘徽殿の女御よりも年上のはずなのに、まるで少女のよう。子を産んだ母とはとても思えない。

その子が亡くなって間もないうえに、今回の恐ろしい事件が重なって、だいぶやつれている。いまにも崩れ落ちそうな風情《ふぜい》だが、それがまた嵐に打たれた花の風情で趣深くもある。

こうやって見ていると、今上帝《きんじようてい》が更衣をいつくしみ、弘徽殿の女御がなにかとかばいたくなる気持ちもわかるというもの。

（それでも）

と、深雪は心の中で断言する。

（やはりうちの女御さまがいちばんよ）

帝の妃《きさき》は弘徽殿の女御や梨壺の更衣だけではない。

皇族出身の藤壺《ふじつぼ》の女御、右大臣《うだいじん》の娘の承香殿《しようきようでん》の女御と、美しく聡明《そうめい》な妃たちが後宮に揃《そろ》っている。

しかし、彼女たちはみな概して気位が高く、梨壺の更衣に手を差しのべようとはしない。むしろ、更衣の宮中での地位の失墜を望んでいる。

そのほうが普通なのだ。弘徽殿の女御のようなことは、なかなかできはしない。

御簾越しにほの白く浮かぶ女御の美しさは、凛《りん》とした力強さを感じさせる。その気品ある物腰はやはり並の女性には出せぬものだ。

「どうぞ、おくつろぎになってくださいね」

女御が更衣に優しく声をかける。

それがよほど胸に染みたのか、更衣はうっすらと涙ぐんで礼を言った。まるで梨の花に朝露が落ちたよう。御簾の向こうの女御は、さながら香り高い白百合《しらゆり》の花か。

深雪はうっとりと頰に手をあてた。

(こんな光景を直接見られるなんて。絶対、夏樹に自慢してやらなきゃ)

いとこのことを思い出し、深雪はふっと真顔に戻った。

夏樹が弘徽殿に来るときは、いつも乳母の桂がらみ。他人の文を届けるばかりで、自分で誰かに想《おも》いの丈《たけ》をしたためようという気はまるでない。

昔から、そんな感じなのだ。それでいて、当人の知らないところでけっこう人気があるものだから、深雪としては気が気でない。いつか誰かが、あののんびりしたいとこの心に火をつけ、どこか遠い場所にいざなっていきはしないかとさえ思ってしまう。

深雪はさり気なく、右の人差し指に唇を寄せた。

冗談を装って、いとこの唇に触れた指先。カリッと嚙んで、声にせずつぶやく。

(気づいてよ、馬鹿)

一方、夏樹は弘徽殿をあとにして、右近衛府《うこんえふ》へと急いでいた。

内裏《だいり》の中に設置してある右近の陣はいわば出張機関。役所そのものは大内裏の西の端に建っている。

大内裏は、帝の住まいである内裏を取り巻く官庁街。内裏の中の弘徽殿から右近衛府までたどりつくためには、いくつもの門を越えなければならない。

さらに西にまっすぐ行くと、宴《えん》の松原《まつばら》と呼ばれる松の林にぶつかる。ここを抜ければ右近衛府はすぐだ。

迂回《うかい》するのも面倒なので、夏樹は松林の中を行くことにした。

大内裏の中とはいえ、ここに立ち入る者は少ない。

政治の中心、帝の居城でありながら、御所は怪奇現象の宝庫。この宴の松原もそういうでると噂される場所のひとつなのだ。

とりわけ、今朝《けさ》は御所の中で不吉な死体が発見されたばかり。そんな折に、ここに踏みこむ者はそうそういないだろう。夏樹だとて、もっと遅い時刻だったらとてもここには入れない。

（急げばきっと大丈夫だ。きっと……）

まばらな松の間を抜けて、夏樹は西へ西へと足早に進む。

懐には桂あての結び文。落としてはならないと、袍《ほう》の上からずっと押さえていた。

もうすぐ林が終わる。木々の間に、たそがれの光を受けた右近衛府の屋根が見える。

だが、林を出る寸前——じゃりっ、と砂を踏む音が背後で聞こえた。

思わず立ち止まり、振り返る。

松の木陰からこちらを見ていたのは同僚の高則だった。

夏樹はホッと息をついた。

「なんだ、びっくりしたよ。どうしてこんなところに……」

近寄ろうとして踏み出した足は、結局、一歩分しか前にでなかった。そこにいるのが高則だけでないことに気づいたのだ。

木陰から現れた者には全員、見覚えがあった。

光行、有平《ありひら》、隆久《たかひさ》。三人とも、右近衛府の同僚だ。あとは、名は知らないが顔は見たことのある舎人《とねり》が四人ほど。

夏樹は、ここにいる高則以外の者とは交流がない。それもそのはず、こちらを嫌って、ことあるごとにつっかかってくる者たちだったからだ。

口を一文字に結んでこちらを睨《にら》みつけていたり、薄笑いを浮かべていたりと表情はさまざまだが、好意的な雰囲気はかけらもない。

ことに、光行は露骨な敵意を瞳の中に宿していた。近衛の中でも特に見栄えのいい光行がそういう目をすると、いっそう怖いものがある。

松の林には他に人影もなく、しかも、いまは薄暗い夕暮れどき。林の外から誰かが見《み》咎《とが》めてくれる可能性も低い。

この状況がどれだけ危ないか、いくら鈍くてもわかりそうなものだ。

それでも夏樹は最初、理解することを拒んだ。なにか手違いがあったのだと思った。

高則が目をそむけるまでは。

「高則！」

裏切られたと知っても、夏樹はまだ高則に釈明させようとした。

高則は唯一、右近衛府の中で普通に話しかけてくれる相手だ。彼を失えば、職場で完全に孤立してしまう。夏樹もさすがにそれは不安だった。

「どういうことだ？　こいつらにおどされたのか？」

高則は顔を上げない。黙りこむ彼の気持ちは、光行が代弁してくれた。

「高則が教えてくれたんだよ。おまえがおれたちを馬鹿にしてるってな」

誤解がまだとけなかったのか。今朝、高則を置き去りにして単独で動いたのが尾を引いているのか。ただ、長いものに巻かれただけなのか。

どちらにしろ、高則は夏樹をみかぎったのだ。弁解する暇《いとま》も与えずに。

「それで、その礼をしなくちゃと思ってたんだ。そうしたら、お誂《あつら》え向きに、松原の中をひとりで歩いているじゃないか。これはいいましかないなと思って、先回りして待っていたんだよ」

そう言って、光行が乾いた笑い声をたてる。同時に、夏樹を囲む輪がじわりと縮まった。

高則を含めてむこうは八人。

夏樹も腕にはいささか自信があったが、一対八では明らかに荷が重すぎる。

「最初っから気にくわなかったんだ。金で官位を買ったくせに、大きな顔をして」

と、有平が言う。隆久も続けて、

「右近の中将さまにかわいがられていることを鼻にかけて、うっとうしいんだよ」

言葉の端々に憎悪がにじむ。金で官位を買ったというが、彼らのほとんどがそうなのに。

中でも光行は右近の中将にかわいがられているのをいいことに、つい先頃まで、やたらと威張りちらしていたと聞いている。

最近それが変化したのは、夏樹が現れたから。光行の父が積んだ金品よりも、夏樹の父の差し出したもののほうが上だったからだ。

そんないきさつから光行に恨まれるのはわかるが、他の者たちがぶつけてくる憎しみには理解に苦しむものがあった。

しかし——彼らの目を見ているうちに、夏樹にもなんとなくだが、その真意がわかってきた。

憎悪の対象は、要するに誰でもいいのだ。夏樹がそれに選ばれたのは、新入りで、ちょっとめだつ立場にあったからにすぎない。

彼らが欲しているのは贄《にえ》。

きっと鬼の出現が彼らの心の持ちように悪い影響を及ぼしたのだろう。自分たちのすぐそばに、得体の知れないものがひそんでいるという不安が。忍び寄る恐怖をまぎらわせるために、生け贄を血祭りにあげようというわけだ。

そこまでわかっていても、夏樹にはどうしてやることもできない。

ここでおびえた顔でも作ってみせたら、彼らは気がすむのか。這《は》いつくばって泣いてみせればいいのか。

望みどおりにみじめに振る舞えば、ひとしきり嘲笑《あざわら》ったすえに満足して解放してくれるのだろうか。

だが、そんな真似《まね》は夏樹の矜持《きょうじ》が許さなかった。だいたい、なぜ彼らのためにそんなことまでしてやらなければならないのか。

光行は肩を揺すりながら夏樹に近づいた。ここで負けてなるものかと、夏樹も踏みとどまって、光行を待ち受ける。

光行は息がかかるほど夏樹に近寄り立ち止まった。

何を思ったか、夏樹の顎の下に指を添えて、上を向かせる。彼の目は、夏樹の頬についた右近の中将の髭のあとに向けられていた。

「この顔で、中将さまをたぶらかして」

奥歯をぎりぎりいわせてつぶやくと、光行はペッと唾を吐きかける。

夏樹は光行の手を振りほどくと、頬についた唾を手の甲で乱暴に拭った。

「それで？　どうする気だよ」

腹の底から怒りが沸きあがり、夏樹の首筋をカッと熱くさせる。その熱さを口調のきつさに変えて、吐き捨てるように言ってやる。

「こんな子供じみたことをして」

火に油を注ぐ結果になるとわかっていても、そうせずにいられなかった。

案の定、連中の顔もさっと朱に染まる。光行もぶるぶると震えている。

真っ先に飛び出したのは、光行でなく隆久だった。かためた拳を突き出して襲いかかってくる。

夏樹は軽く一回転して、それを躱《かわ》した。余裕の動きだった。躱したついでに、顎を蹴り上げてやる。

隆久はギャッと悲鳴をあげて、はじきとばされた。

この反撃はよほど意外だったらしい。光行たちは、生け贄が生け贄らしく振る舞うことを疑っていなかったのだ。

が、すぐに気を取り直すと、今度は数にものをいわせて一斉に飛びかかってくる。

夏樹は次々に身を翻し、その攻撃を躱していった。周防で育った頃に野山を走り回り、それなりに鍛えていたので身のこなしにも自信があったのだ。

それでも、八人一度となると応戦は苦しい。

(すきを見て逃げ出そう)

夏樹がそう思っていると、なかなか決定打を与えられないことに焦《じ》れた光行が、大きく弓をふるった。弦《つる》が空《くう》を斬って、ぶんと鳴る。

夏樹は後ろに跳んで、弓を寸前でよけたつもりだった。が、目測がはずれ、弓の先がわずかに片足に引っかかる。

仰向《あおむ》けに転倒して、もりあがった松の根に激しく後頭部をぶつける。

痛みに顔をしかめながらも、さっと体勢を整えようとした。

そこへ、舎人ふたりが飛びかかってくる。

夏樹は寝転んだ姿勢のまま、思いっきりふたりを蹴り上げた。みごとに顎に入って舎人たちはひっくり返る。

蹴りの勢いを利用して夏樹は素早く立ち上がる。

背後から忍び寄った高則が、彼の袖を捕らえたのはそのときだった。

夏樹が着ているのは、動きやすいよう脇をあけ、袖も後ろ半分だけを縫い閉じた装束だ。

もとから半分しかくっつけていないため、袖は簡単に裂けてしまった。

そのちぎれた袖が腕にからみつき、一瞬、夏樹は半身の動きを封じられてしまう。

めげずに、空いているほうの腕で高則の顔面を殴りつけてやると、彼は片袖を握りしめたままふっとんでいった。

と同時に、光行が夏樹めがけて弓を横ざまにふるった。

今度はよけきれない。

弓の先端が夏樹のみぞおちにめりこむ。

衝撃とともに、苦いものが夏樹の喉を圧迫した。耐えきれずに身体《からだ》を二つ折りにし、水っぽい唾を吐く。

それでも次の瞬間には横に跳躍し、光行からの三撃めを躱していた。

だが、さすがに夏樹の動きにも疲れが出始めていた。

どうせ、連中が夏樹の疲れに気づけば、猫が鼠《ねずみ》をなぶるように時間をかける作戦にでるだろう。

その前に決着をつけなければならない。全員をたたきのめすのが無理なら、逃げるしかあるまい。

夏樹がそう結論づけて立ち上がったそのとき——強烈な殺気を背中に感じとった。

光行が顔色を変えて叫ぶ。

「やめろ、高則！」

振り返った夏樹が見たのは、抜き身の太刀を手にした、すさまじい形相の高則だった。顔半分をよごした鼻血がよけいに凄惨さを加えている。

その目にはただならぬ憎しみの念がたぎっていた。

おじけづいた光行たちが制止しようとしても、耳を貸そうとはせず叫ぶ。

「おれは悪くない！　悪くない！　悪くないんだ！」

執拗《しつよう》に自己を正当化しようとするのは、夏樹を裏切った後ろめたさの表れともとれた。そう思うと哀れだ。

（だけど……）

夏樹はすっと片足を横に移動させ、迎え撃つ姿勢をとった。

（こんなかたちで表されても困る！）

夏樹の心の声が聞こえたかのように、高則は悲愴《ひそう》な顔になった。獣のような咆哮《ほうこう》をあげると、彼は刀を振りかぶって突進してくる。

夏樹は腰の結び緒をむしり取り、鞘《さや》ごと太刀を引き抜いた。鞘の両端を握り、水平に突き出す。

高則の振り下ろした刀は、澄んだ音をたて、夏樹の太刀の鞘にしっかりと受け止められた。

光行たちの息を飲む音が聞こえた。だが、とばっちりを恐れてか、止めに入ろうとはしない。

高則は刀を合わせたまま、ぐいぐい押してくる。夏樹も両足を踏んばって押し返そうとする。

高則の血走った目が夏樹を見据え、荒い息が夏樹の頬に吹きかかる。

腕力はほぼ同格だった。だが、破れかぶれの分、気迫は高則が勝《まさ》った。

じりじりと押されていく夏樹のかかとが、松の根にぶつかる。あと一、二歩で今度は背中が松の幹にぶちあたるだろう。

そうなったら、もう退路はない。

夏樹は息を詰め、渾身《こんしん》の力をこめて高則の太刀をはねのけた。

高則がよろけたすきに逃げようとする。なのに、高則はその不安定な体勢から再び太刀をくりだした。

完全に虚を突かれてしまい、よける間もなかった。

研ぎ澄まされた刃《やいば》が目前に迫る。夏樹は目を閉じることもできず、刃の輝きをみつめる。

そのとき、なにかが林の向こうから飛んできて高則の刀にあたった。

はずみで刀の進行方向が変わる。

夏樹の鼻先に来るはずの刃は、上にそれて冠《かんむり》をまっぷたつに斬り裂き、鈍い音をたてて松の幹に食いこんだ。

一瞬の静寂ののち、夏樹は松の幹に背をつけ、地面に尻餅をついた。

その途端、冠の残骸が髻《もとどり》を結っていた紐《ひも》や緌《おいかけ》といっしょにパラリと落ちる。乱れた髪が肩の上に散る。

被《かぶ》り物なしの頭をさらすのは非常識だが、この場合、どうしようもなかった。

呆然《ぼうぜん》とする夏樹の上に、今度は高則の身体が崩れ落ちてきた。張りつめた糸が、突然切れたように。

それがきっかけになって、いままで見ていただけの光行たちが我に返り、あわてて駆け寄ってきて高則を抱き起こす。

「おい、大丈夫か⁉」

「しっかりしろ。気を確かに」

口々に声をかけるが高則は反応しない。完全に気を失っているのだ。

「このことは、誰にも言うなよ！」

光行たちは捨て台詞を吐き、気絶した高則を抱えて逃げ去っていく。感心してしまうほど、みごとな逃げ足だった。

あとに残ったのは、肩まで髪を垂らした夏樹ばかり。彼はしばし、松の根もとに座りこんで、ぼうっとしていた。

静けさが戻った松林の上を、ねぐらに帰るカラスが鳴きながら通りすぎていく。

夏樹はふと思いついて、なにが命を救ってくれたのだろうとあたりを見回した。その目にとまったのは、地面に落ちている一本の紙扇だった。

ふらふらと扇のそばまで行って拾い上げる。高則の刀にあたったのはこれに間違いない。

汚れを落として広げてみると、山の端《は》に落ちる月の絵が描かれていた。

特にすばらしい絵でもないし、扇の作りも質素なものだ。

それでも、これが死の刃から救ってくれたのかと思うと、かけがえのない宝のように感じられた。

でも、誰が？

心に浮かんだ疑問に答えるように、松の低い枝が揺れた。

振り返った夏樹は、ぽっかりと大口をあけて、そこにいる人物をみつめた。

年齢《とし》はだいたい同じくらい。頭上には文官用の垂纓《すいえい》の冠。脇を縫い閉じた縫腋《ほうえき》の袍《ほう》に、指貫《さしぬき》の袴《はかま》を身に着けている。

いでたちが違うので、夏樹は最初、彼が誰だかわからずにいた。

そう――昨夜見た彼は、内裏の中だというのに普段着の狩衣《かりぎぬ》を着用し、髪すら結っていなかった。それが当然だといわんばかりにくつろいでいて。

いま、目の前にいる彼は、正装ではないものの、きちんとそれなりに装っている。その差に夏樹は少なからずとまどっていた。

（いや……それだけじゃない）

暗闇にほの白く浮かび上がっていた少年は、この世の者とも思えぬほど美しかった。いま、たそがれどきの薄暗がりに見える彼も並以上の美少年だが、昨夜の浮世離れした妖艶さまでは感じられない。

人違いかと思ったくらいだが、これほど似ている他人もないだろう。男にしておくのがもったいないような美貌はそのままなのだから。

少年は夏樹に歩み寄ると、彼の手から扇を抜きとって懐にしまった。それから、くすっと笑う。

「すごい恰好《かっこう》ですね」

言われて夏樹はハッとなり、自分の姿を見下ろした。

片袖はちぎれているわ、冠はまっぷたつだわ、結わねばならない髪はほどけているわ、とにかくひどいありさまなのだ。

こうなったら、右近衛府に裏からこっそり入り、誰にもみつからないうちに着替えを済ますしかあるまい。

万一みつかって笑い者にされても、高則の刀で命を落とすよりはましだったと思わねば。

あのまま、力まかせの刃を顔面に受けていたら、こちらもただではすまなかったし、高則の将来も狂っていただろう。

（いまさら、あいつのことなんか、どうだっていいけど……）

心ではそう思っても、やはり気持ちのいいものではない。

あのときの高則は尋常ではなかった。正気に返ったら、高則は自分のしたことをきっと後悔するに違いない。そんな相手をいつまでも憎めない。

「とにかく、礼を言わせてもらうよ。あそこで扇が飛んでこなかったら、きっと死んでた」

そう言ってから、夏樹は感じたことをそのまま付け加えた。

「昨夜もいまみたいに、衛門の督さまを運ぶのを助けてくれたらよかったのに」

皮肉ではなく、どう答えるのか反応を知りたかったのだ。

ほんの一瞬、少年の目が光ったが、夏樹の見間違いだったのかもしれない。それ以外のめだつ反応はなかった。

「昨夜はずっと家におりましたが。ただ……夢をみましたよ。内裏の中に立っていると、どういうわけか季節外れの蛾《が》が翔《と》んできたんですよ」

いったん言葉をきり、少年は薄く笑う。

「それから、地獄からやってきたような馬頭鬼《めずき》が闇の中で踊っているのが見えましたよ。妙な夢でしたけど、もしかして、同じ夢を見たのかもしれませんね」

夢――

すべてその一言で片づけてしまうには、昨夜の出来事は生々しすぎた。

あれは夢でも幻でもない、と夏樹は信じている。だが、この少年はそういうことにしておきたいらしい。

瞳の奥の真意を探るように、夏樹はじっと少年をみつめる。少年は動じる気配もない。

「陰陽寮で陰陽《おんみょう》生《しょう》として学んでいます。一条《いちじょう》、と呼んでください」

自己紹介までしてくれる。こうなると夏樹も名乗らざるをえない。

「右近の将《じょう》監、大江《おおえの》夏樹」

あまりいばれるような身分でもないが、陰陽生はいわば学生《がくしょう》。それよりは確実に上の立場だ。

だが、そんなことが判明したぐらいで少年の――一条の神秘的な雰囲気はこわれない。

彼の所属する陰陽寮そのものが不思議な役所だからだ。

占いや暦の作成以外に、陰陽師たちは式神《しきがみ》という使い魔を自在に操って、人を呪い殺したり呪いをはねかえしたりできると言われている。

そんな呪術的な技能を学んでいれば、一条も魂を解き放って自由に行きたいところへ行けるのかもしれない。

そう。夏樹が目撃したのが一条の本体でなく魂だったとしたら、彼があとかたもなく消え失《う》せてしまったことにもいちおうの説明がつく。

夢だと言いきるより、そちらのほうがずっと納得できた。闇を恐れなくても、闇にひそむものの存在を信じていたからだ。

「弘徽殿の女房から聞いたんだけど、今夜は一晩中、陰陽寮の者が魔除けの儀式をやるんだって？」

夏樹が尋ねると、一条は逆に問いかけてきた。

「興味があるんですか？」

「こっちは鬼を目撃したんだからね。やっぱり、あれは一体なんなのか、どんな波紋が生じるのかは知りたいさ」

一条は軽く肩をすくめた。

「近衛府の管轄外ですよ。物の怪の正体を見極め、さらなる凶事が起こらぬよう図るのは陰陽寮の役目です」

そう言って、一条は背を向ける。急に夏樹への興味を失ったように。

夏樹はなんとか彼を引き止めたくて、その背に向けて質問した。

「個人的に知りたいんだ。魔除けの儀式って、きみがやるのか？」

「まさか。今夜、儀式を行うのは賀茂《かも》の権博士《ごんのはかせ》さまです。わたしはお手伝いをするにすぎません」

そう答える間も振り返ろうともせず、一条は宴の松原から内裏の方向へ去っていく。

（やっぱり、昨夜みたいに消えないいんだな）

夏樹はたそがれの光の中に紛れていく一条をじっと見送りながら、そんなことを考えていた。

（礼を言わせてもらうとか自分で言っておきながら、あんまり感謝しているように見えなかったろうな……）

やがて、一条が見えなくなると、夏樹は頭をひと振りして額にかかる乱れ髪をはらいのけた。

冠の残骸を拾い上げると、手の中でくるくる回して、頭上に高く放り投げる。

冠は松の枝にひっかかり、二度と落ちてはこなかった。

宴の松原をあとにした一条は、まっすぐ内裏へと向かっていた。彼がめざすのは梨壺だ。

今朝、惨劇が発見されたばかりだけあって、梨壺の周囲にはさすがに人気《ひとけ》がない。

ここの女主人の梨壺の更衣はすでに弘徽殿に移っていたし、女房たちは更衣につき従って弘徽殿に行くか、実家《さと》に帰るかしてしまった。

そういうわけで、いまの梨壺には誰一人として残っていなかった。清めの儀式を命じられた彼と、彼の師以外は。

一条が殿舎の北側にまわると、そこでは、白い紙の御幣《ごへい》を竹の棒の先端につけたものが七本、簀子縁近くの地面にずらりと差してあった。

死体の血で汚れた場所を、清めるための道具だてだ。

その七本の御幣の前にたたずんでいる若者が、一条の師、賀茂の権博士だった。

賀茂は声をかけられるより先に、一条を振り返った。

派手さはないが、整った顔立ちをしている。そこに浮かぶのは柔和な表情。切れ長のすずやかなまなざしも印象的だ。

弘徽殿の女房たちが美男子の陰陽師と噂していたのは、この賀茂の権博士のことであった。

もちろん、ただ見目よいだけの人物ではない。弱冠二十歳にして、いずれはこの道の頂点にたつだろうと評価されたキレモノだ。

陰陽寮に所属する他の陰陽師たちをさしおいて、彼が呼ばれたのはそれなりに理由があってのことだった。

「大内裏をひととおり見てきましたが、やはり北東の鬼門からの侵入のようでしたよ」

報告する一条を、賀茂はじっとみつめる。すべてを見透かすように、彼の切れ長の双《そう》眸《ぼう》がさらに細くなる。

他の者なら理由《わけ》もなく不安になったことだろうが、一条は平然とその視線を受け止めていた。

ややあって、賀茂の権博士が口を開く。

「なにかあったのか?」

「いいえ。どうしてそう思うのですか」

「楽しそうだ」

一条はにっこり微笑んでみせた。邪気のない、子供のような顔をつくる。

「手間が省けたからでしょう。お気づきでしょうが、ほら、あそこに」

権博士は曖昧にうなずくと、梨壺の簀子縁に向き直った。

さっきまではなかったはずの人影が簀子縁に立っている。十二《じゅうに》単《ひとえ》衣の正装の、年若い女房だ。

彼女のうつろな目からは水晶の玉にも似た涙がぽろぽろとこぼれている。涙の伝う頬は白い。

血の気のないその頰は、例えでなく本当に透きとおっている。背後の柱が透けて見えるのだ。

生きている人間ではない。今朝、死体でみつかった梨壺の女房の侍従の君だ。

その証拠に——彼女の喉は裂け、傷口から流れ出る鮮血がせっかくの衣装をよごしていく。

省けたのは死霊《しりょう》を呼び出す手間だった。

「何か訴えたいことがあるようだな」

「喉が裂けてますからね、しゃべれないのでしょう」

ふたりとも、見たままを淡々と述べる。けして驚いたりはしない。

侍従の君は祈るように両手を組むと、もどかしげに身を震わせた。

新たな涙をまつげに散らす。玻璃《はり》の玉とも、朝露とも見える、美しい涙だ。

普通なら、いかに死霊といえどもこんな美女にこんなふうに泣かれて、心を動かさぬ者はいないだろう。

しかし、ふたりの陰陽寮関係者は侍従の君の涙に同情しようともしないし、恐れようともしない。冷静に観察しているだけだ。

侍従の君は風に煽《あお》られたようにふらりと一歩踏み出した。

そのまま前のめりに倒れると、華奢《きやしや》な身体は勾欄《こうらん》を乗り越え、地面へと落下する。唐《から》衣《ぎぬ》の裾がふわりと広がる。

その瞬間、侍従の君におぞましい変化が起こった。

指先の肉を破って鋭い爪が飛び出す。ばりばりと音をたてて口が裂ける。カッと開いた口からは長い牙が伸びる。

自らの血をしたたらせた爪と牙を、侍従の君は賀茂に向け襲いかかった。

だが、権博士はあわてず騒がず、すかさず早九字《はやくじ》をきる。

「臨《リン》・兵《ビヨウ》・闘《トウ》・者《シヤ》・皆《カイ》・陣《ジン》・列《レツ》・在《ザイ》・前《ゼン》！」

指一本を縦横に動かし、宙に升目《ますめ》を描く呪法《じゆほう》だ。

目に見えないその升目に触れたかのように、侍従の君は権博士をつかまえる寸前ではじきとばされた。

ジュッと肉の焼ける音、焦げる臭いもする。悲鳴があげられぬ代わりに、喉から血が気泡とともにゴボゴボと湧きだす。

のたうつ侍従の君の額に、焼き印で押したように升目が浮き上がった。

升目が濃くなればなるほど、彼女の裂けた口は急速に元に戻っていく。牙は縮まり、鋭い爪も短くなっていく。

やがて、侍従の君が生前の美しさを取り戻すと、額の升目も拭ったように消え失せてしまった。その表情からは苦しみすらも完全に拭い去られている。

侍従の君は震えながら立ち上がると、賀茂と一条にむかい、微笑みかけた。頰を流れる涙はさきほどとは違い、解放されたことへの喜びの涙だ。

そして、ふっとかき消える。

もはや、彼女は二度と姿を現しはしまい——と、一条は思った。

しかし、そっと覗《のぞ》きこんだ師匠の表情は固い。眉間《みけん》には深い皺《しわ》が一本、刻まれている。

権博士は形のよい顎をさすりながら、低い声でつぶやいた。

「梨壺を中心にすさまじい鬼気が漂っている。弱い霊魂ならひきずられて悪霊化するだろう。あの女房のように」

「あの女房、それほど弱い霊魂でしたか？　殺された恨みとか、なにかの負い目みたいな、感情のぶれは感じましたが」

「そこに鬼気がつけこんだんだろう」

どうやったらそんなことがわかるのやら、そんな話を普通の会話と変わらぬ口調でふたりは語り合う。

不思議な力を行使する陰陽師なら、それも当然のことなのかもしれない。

「とりあえず、今夜は梨壺に宿直《とのい》して呪法を行おう。一条はいまのうちに仮眠をとっておきなさい。夜中に交替してもらうから」

「はい」

一条はためらいもなく返事をする。

殺人事件があったばかりの梨壺に一晩籠ることも、恐ろしいとは思っていなかった。

怪異にたち向かうことが彼らの仕事なのだから。


夏樹は裏口からこっそりと右近衛府の建物に忍びこんだ。

ぼろぼろの恰好を誰かに見咎められる前にと、あわただしく奥の部屋に駆けこみ、新しい衣装と取り替える。

新しいとはいえ、ずっと唐櫃《からびつ》にしまわれていた衣装だけあって少々黴臭《かびくさ》いが、贅沢《ぜいたく》は言っていられなかった。

手早く髪を結い直し、垂纓《すいえい》の冠も着用して、宿直《とのい》装束に整えながら、

(やれやれ。なんとかして自宅《いえ》に帰れないものかな……)

夏樹はそんなことばかりを考えていた。

今夜はもう帰れないとわかっているからこそ、よけいに帰りたくなるものだ。

(いまごろ桂に足をもんでもらってて、そろそろ夕餉《ゆうげ》をどうぞ、なんて言われてたはずなんだけどな)

思わず、首を傾《かし》げてしまう。なんでこうなったのだろう、と。

昨日も御所に宿直していたのだから、もっと強く異議を申したてれば桂のもとへ帰れたかもしれないのに。

（きっと、要領悪いんだ……）

考え始めるときりがない。ともかく、ましな恰好になったので、夏樹は近衛のみんながいる控えの間へ顔を出すことにした。

見回してみたが、そこに高則の姿はない。気絶してしまったから、どこかの部屋に寝かされているのか、あるいは自宅に戻されたのだろう。

光行たちはその場にいたが、こっちに気づいても知らん顔を決めこんでいた。

存分に抵抗してそれなりに動けるところを見せつけてやれたから、この先、光行たちがちょっかいを出してくることはないだろう。

ふふん、と夏樹は鼻で笑いそうになり、刺激してはいけないと思い直して、なんとかそれを堪《こら》えた。

それでも、気配でわかったらしく、光行がいまいましそうに舌打ちする。

そのいかにもくやしそうな反応に、夏樹はすっと胸のつかえが取れたような気がした。宴の松原の件は忘れてやってもいいかとまで思う。

それから、なかなかいい気分で夕食をとった。食も進んで、汁粥《しるがゆ》をどんどんおかわりする。

食事が済むと今度は眠くなってきた。いまのうちに少し仮眠をとろうと奥の部屋に移動する。

なにしろ、昨日はあわただしくてほとんど眠れなかった。

いまは腹も満ち足りている。気分もいい。座りこんで柱にもたれかかれば、すぐにもまぶたが下りてくる。

とても抵抗できそうにない。目を閉じたといっしょに意識は朦朧《もうろう》となり、眠りに落ちていく。

夢も何もない、真っ暗な闇に塗り潰されたような時間が過ぎていった。

それを破ったのは、どこか遠くから聞こえてくる声だった。

まだ半分眠ったまま、目も堅く閉じたままで、夏樹はその声を聞いていた。

何度も息を詰まらせて短く、か細く、けれど途切れることなく続く声。

赤子の泣き声だった。

(馬鹿な)

右近衛府の建物の中で、赤子の声が聞こえるなどあるはずがない。

これは夢なんだ、と自らに言い聞かせる一方、あることに気がついた。

最初は、気をつけていないと聞きのがしてしまいそうなほど小さな声だった。たぶん、部屋の外から風に乗って流れてきたのだろうと思わせるくらいに。

なのに、いまは部屋の入り口あたりで泣き声が聞こえる。

泣き声は次第に近づいてくる。

おわあ　おわあ
はあ　はあ
おわあ　おわあ　はあ

息遣いまではっきりと聞こえる。夢ではない。

(なぜ、どうして、赤子、が)

当然の疑問が脳裏をよぎるも、答えはみつからない。

目をあけて確かめれば疑問は氷解するはずなのに、身体がだるくて、起きることはもちろん、声ひとつあげられない。

泣き声の主が部屋に入ってくる、近づいてくる——

そう思ったとたん、泣き声がやんだ。息遣いもぴたりととまる。

しん……とした静寂の中、聞こえるのは夏樹自身の鼓動と呼吸の音だけになった。

それでも念のため、周囲の空気を探ろうと感覚を研ぎ澄ませてみる。

何も感じ取れない。

(やっぱり、夢、か)

安心したと同時に全身の力みがすうっと抜けていく。

このまま再び寝入ろうとしかけたとき、つん、つん、と袍の袖を引っぱられた。

（なんだ？）

同僚の誰かが起こしにきたのだろうと夏樹は思った。なんの疑いも抱《いだ》かずに目をあけ、袖を引いている者を見る。

赤ん坊だった。

全裸で、皺のよったかさかさの皮膚は薄く茶色がかっている。目ばかりがぎらぎらと光って、まるで闇色をした一対の勾玉《まがたま》のようだ。

骨ばかりにやせ衰えた手は、夏樹の袖をしっかりとつかんでいる。

あははは、と赤ん坊は笑った。さっきまで聞こえていた泣き声と同じ声で。

夏樹の頭の中は真っ白になった。

なにも考えられない。目をそらせない。息ができない。

硬直している夏樹に、ひからびた赤子はキャッキャッと嬉《うれ》しそうにすがりつく。袖を這い上がろうとする。

赤子の顔が近づく。乾ききった皮が薄く貼りついただけの顔が。

微《かす》かな腐臭が漂う。

夏樹の喉を胃の内容物がせりあがってくる。吐き気をこらえながら、夏樹は腰の太刀にじりじりと手を伸ばした。

　あは

　あははは――

赤子の笑顔がせまる。その息が、汗のつたう夏樹の顎に吹きかかるほど。

消えてしまいそうな意識をなんとかたぐりよせて、繋《つな》ぎとめようと歯をきつく食いしばる。

そのとき、やっと太刀の柄《つか》に手が触れた。百万の味方を得た思いだった。

一気に呪縛が解けた。太刀を抜き、その勢いですがりつく赤子を払い落とす。

赤子はギャッと叫んで、部屋の端まで転がっていった。

が、すぐに体勢を整え、こちらに向かって這ってくる。幼な子とは思えぬ素早さで。

夏樹は太刀を構えて待ち受けていた。一刀両断してやるつもりで。

太刀の刀身がぎらりと光った。赤子が飛びかかってきたと同時に、その輝きはさらに増した。

まるで雷が落ちてきたような、まばゆさだった。

夏樹の視界は太刀の放つ白い光に満たされた。その光に傷つけられたような、赤子の悲鳴が響き渡る。

　ああああ――

目を閉じても耳をふさいでも、光は瞼《まぶた》の裏で輝き、悲鳴はこだまする。悲鳴は哀《かな》しげに、夏樹を非難するように響く。

だが、それも終わった。

長く尾を引きつつ、赤子の悲鳴が消える。光も消える。

チカチカまたたく残像に悩まされながら夏樹が目をあけると、そこに赤子の姿はなく、抜き身の太刀が転がっているだけだった。

刀身にあのまばゆい光はなく、ただの太刀に戻っている。

（夢……なのか？）

しかし、あまりに生々しくて、とても夢とは思えない。

昼間のことで知らぬ間に気弱になっていたところを物の怪につけこまれた、と考えたほうがしっくりくる。

太刀を拾って腰の鞘にしまうと、夏樹はためていた息をふうっと吐き出した。

（母上が……ご先祖さまが守ってくれたんだ）

全身、冷や汗にまみれていた。胸に手を当てると、ドッドッドッとすごい勢いで心臓が脈打っている。

それとは別に、てのひらになにかの感触がある。懐に手を入れて出してみると、深雪からの結び文だった。

気が抜けると同時に握りつぶしかけて、あわてて手を開く。せっかくの文をくしゃくしゃにしたら、乳母の桂になんと言われるか、わかったものではない。

大事に懐にしまい直すと、夏樹は柱にすがって立ち上がった。

とりあえず、宿直のための控えの間に行ってみる。あんな妙な夢を見たあとだから、大勢の人がいるところに居たかったのだ。

宿直の人数はいつもより少なかったが、それでも、ホッとさせられた。みんな、うたた寝したり、噂話をしたり、サイコロ遊びに興じたりして、時間をつぶしている。

夏樹は、いちばん近いところに座っている舎人に声をかけてみた。

「いま、何時だい？」

「もう亥《い》の刻（午後十時）ですよ」

少しのつもりが、ずいぶん長く仮眠をとっていたらしい。

赤子に袖を引っぱられた感触をまざまざと思い出す。泣き声も笑い声も悲鳴も、まだ耳に残っている。

これではこの先、安らかな眠りは期待できない。悪夢にうなされるとわかりきっているなら、いっそ夜通し起きていたほうがいい。

かといって、いまから噂話やサイコロ遊びに加わるのもかったるかった。

壁に寄りかかってぼんやりしていると、ついつい、いましがた遭遇した出来事について考えてしまう。あの、ミイラのような赤子のことを。

昨夜、目撃した馬頭鬼と、あの赤子とは何か関わりがあるのだろうか。

よりによって、あんなものを見た翌日に、あの赤子の姿をした物の怪が現れたのは、偶然か、理由があってのことか。

（やはり、あれか……？）

鬼の足跡の周りに散っていた、小さな子供のものと思《おぼ》しき足跡。

あれも実は物の怪の残したもので、自分はもしかしてそいつに見込まれたのかもしれない。

だとしたら、これから眠る度にあの気持ち悪い赤子がすがりついてくるのだろうか。

想像しただけで、背すじがゾッとした。

弱り果て、このことから目を逸《そ》らそうとして、唐突に、夏樹の脳裏に陰陽寮の一条のことが閃《ひらめ》いた。

学生とはいえ、彼も陰陽師のはしくれ。いわば怪異の専門家だ。

あの少年なら、なんでもピタリと言い当ててくれそうな気がする。赤子の正体はもとより、昨夜の馬頭鬼が現れた理由も。そして、自分がどうすればいいのか、も。

あんな夕刻に宴の松原あたりをうろうろしているからには、彼も同じように宿直《とのい》していたに違いない。

それに——彼は馬頭鬼を見ていい、、、もうひとりの人間だ。あのときのことが彼の目にはどう映ったのかを詳しく聞いてみたい。

考えれば考えるほど、さきほどのことを話せる相手は一条しかいない、という結論にたどりつく。

顔を合わせたのは二回きり。彼がどういった人間なのか、夏樹が知っているはずがない。しかし、他に怪異に通じた知り合いがいないのだから仕方がない。

そうと決まれば行動あるのみだった。

「ちょっと、出てくる」

舎人に向かってそう告げると、夏樹はすぐさま外に飛び出した。

御所を押し包む暗闇も気にならない。いや、気にする間もないくらい、全速力で突っ走る。

陰陽寮の庁舎は右近衛府から見て南東の方角に建っていた。

けして近くはない。陰陽寮の表門にたどりついたとき、夏樹の息は完全にあがっていた。

しばし立ち止まり、呼吸を整えてから、門をめいっぱい叩《たた》く。

「開門！　開門！」

叫びすぎて、声が嗄《か》れそうになった頃に、やっと門があいた。陰陽寮の舎人とおぼしき老人が、門の隙間から顔を出す。

夏樹が名乗ろうとするのを、老舎人が遮った。

「右近の将監《じょう》さま、でしょう」

思わず、うなずく。

「一条どのがお待ちですよ」

「あ？」

先触《さきぶ》れなんか出してないよな……と首を傾げる。なのに、なぜ待たれているのか。いぶかしんでいる間にも、門が大きく開かれ、陰陽寮の殿舎の中へとどんどん案内されていく。

夏樹は狭い部屋に通され、そこにひとりで取り残された。

キツネにつままれたような気分だった。

夏樹がここに来ようと思いたったのは、ついさっきのことだ。そんな心の動きを、離れたところにいた一条が読みとったというのか。

（さすがは陰陽師）

気持ち悪いといった感想はどこからも湧いてこない。心強いと思うばかりだ。

安心すると、今度はじっと待つのが退屈になってきた。

(来るってわかっているのなら、はやいところ来ればいいのに)

そう思いながら、御簾を上げて部屋の外を眺めてみる。誰かがこちらに向かってくるような気配はまだない。

部屋は陰陽寮の、猫の額ほどの庭に面していた。その庭を何気なく見やれば、竹の茂る中に小さな社《やしろ》が建っているのが目にとまった。

陰陽寮の敷地に社が建っていても不思議はない。

なにかの御利益《ごりやく》があるのか、それとも舞台効果をもりあげるためかもしれない、と夏樹は気楽に考えていた。

が、視線を外そうとしたその瞬間、社から、ふっと何かが飛び出してきた。

大きな火の玉だった。

芯は濃い紅《あか》。中心から離れるに従い、紅は黒っぽくなっている。端は完全に黒で、周囲の闇に溶けこむように見えた。

不思議な火の玉は長く尾を引いて、ふらふらとこちらへやってくる。

さすがの夏樹も肝を潰し、喉の奥でくぐもった悲鳴をあげた。

後ろにさがろうとすると、肩にぐっと圧力がかかり押しとどめられる。

「やあ、こんな夜中にどうしました?」

ぎょっとして振り向くと、いつのまにやってきたのか、一条が夏樹の背後に立っていた。肩にかかっていたのは彼の手だったのだ。

あわてて庭のほうに向き直ると、火の玉はもうどこにも見当たらない。どんなに目を凝らしても、夜風に笹《ささ》がざあっと揺れているばかりだ。

夏樹は全身の力が一気に抜けていくのを感じた。倒れてしまいそうになるのを、一条の見かけよりしっかりした手が支える。

その手は温かく、狐狸《こり》妖怪の類《たぐ》いではなく、彼が人間であることを主張しているようだった。

それでも、夏樹は訊かずにはいられなかった。

「おまえ……何者なんだ？」

「なんだと思います？」

逆に問いかけられて、夏樹はうっと詰まった。

「なんだと思ったんですか？」

一条は実に楽しそうにくすくすと笑った。

「ただの陰陽生ですって」

しかし、夏樹にはどうしてもそれが信じられなかった。

弘徽殿では仁和寺の僧侶たちの読経がもう長いこと続いていた。

夜の空気を揺さぶる僧侶たちの重々しい声は、殿舎の隅々にまで力強く響き渡る。

別室では、その物々しい読経を背景に、女御、更衣、そして双方の女房たちが御仏《みほとけ》を拝んでいた。

深雪も他の女房たちと同じく、殊勝な顔で数珠《じゅず》を握り、御仏の前に頭《こうべ》を垂れているが、気持ちはまったく違うほうへ向いていた。

せっかく梨壺の更衣が来ているのだから、こんな辛気くさいことではなく雅《みやび》な遊びに興じられればいいのに――と、内心思っていたのだ。

(そう、たとえば、お気持ちが華やぐような絵物語を更衣さまにお見せするとか……)

女御が絵を見るのが好きなため、弘徽殿には名人の手による絵巻物が多く置かれている。その大半が、美しい恋物語だ。

絵巻を見るとき、詞書《ことばがき》を読むのはいつも小宰相の役目。彼女が女性にしては低めの声でよどみなく読み上げるのを聞いていると、まるで物語の中に入りこんだような心地になったものだ。

梨壺の更衣もきっと気が紛れるだろうに、と深雪は思うのだが、いまこのときにそういう提案をしては不謹慎だと怒られてしまうだろう。

退屈でだんだん眠くなってくる。眠気に負ける前に読経が終わるようにと、深雪は罰あたりなことばかり願っていた。

そんな半分ぼんやりとした頭に、突然、ひとつの声が分け入ってきた。

僧侶たちのものとも、周りの女房たちのものとも違う、異質な声が。

（……えっ？）

深雪は顔を上げ、周囲を見回した。

みんなはひたすら御仏を拝んでおり、深雪のように首をのばして、きょろきょろしている者はいない。

では、空耳だったのだろうか。深雪は小首を傾げた。

赤子の泣き声が聞こえたと思ったのに。

でも、ありえない話だ——と、すぐに考え直す。

弘徽殿はもとより他の殿舎でも、雑用係の童《わらわ》はいても、赤ん坊などいはしない。

内裏の外からのものだとしても、あんなに細く弱々しい声がはたしてここまで届くだろうか。今宵《こよい》はうるさいほど読経が行われているのに。

（きっと気のせいね）

妙だとは思ったが、深く考えようとはしなかった。

それより、誰かに見咎められるより先にさり気なく顔を伏せ、祈っているふりをしなければ。

（いま頭を下げたら、まず間違いなく寝てしまいそうだけど……）

眠気覚ましのために数珠をきつく握りしめ、深雪がそっと頭を下げようとしたそのときだった。

誰かがハッと息を飲む音が聞こえた。続いて、仕切りにしていた几帳《きちょう》がぐらりと傾ぐ。たまたまそばにいた深雪の頭上に、それは倒れかかってきた。

「危ない、伊勢の君！」

女房たちが口々に悲鳴をあげた。

深雪はとっさに手を伸ばして、几帳を支えた。たいした重さではない。だが、帳《とばり》が顔に覆い被さって息苦しい。

頭を振って布をはらいのけると、思いのほか近くに梨壺の更衣の顔があった。

ちょうど、梨壺の面々は几帳の向こう側に座していたのだ。

更衣は膝で立ち上がっていた。数珠が床に無造作に転がっている。

どうやら、彼女が立とうとして几帳が倒れたらしい。あの息を飲む音は、更衣の行動に驚いた梨壺の女房のものだったのだ。

更衣は何も言わず、深雪の目を瞬《まばた》きもせずに覗きこんでいた。

その凝視は、物質的な痛みを深雪にもたらした。眼球に細い細い針をねじこまれているような痛みを。

それでも、深雪のほうから目を逸らすことはできない。

可憐で清楚《せいそ》だったはずの更衣が、いままで見たこともないほど空虚な表情を浮かべている。

それが何か、正しく言い表せる言葉を深雪は知らない。自分が何を感じたか、それしかわかっていなかった。

この気持ちをたとえるとすれば、まるで……光も届かぬ深い洞窟《うろ》の底、いいや、この世ではない場所、魑魅魍魎《ちみもうりょう》が跋扈《ばっこ》する真の暗闇を目の当《ま》たりにしているような感じ、とも言うべきか。

だが、そんな形容もすべて的はずれなような気がしてくる。

ここには何もない。とらえどころのない闇が広がるばかり。

あまりに暗くて、あまりに深くて、このまま、身も心も更衣の瞳の中に吸いこまれてしまいそうだ。

（きれいだけど……まるで闇色の勾玉のように、きれいなのだけど……）

もし、その凝視が長引いたなら、深雪の意識は肉体にとどまっていられなくなったかもしれない。

しかし、幸いにも、その凝視は更衣が瞬きをしたと同時に消え失せた。

表情から虚無《きょむ》も消える。仮面が落ちて、砕け散ったかのように。

苦しげに眉を寄せ、更衣は吐息とともにつぶやいた。

「皇子《みこ》が……」

更衣の瞳に涙が溢《あふ》れてくる。傷ついた少女のような涙だ。どうしてこんな痛々しい瞳を恐ろしいと思ったのか。

「わたくしの皇子が泣いて……」

ふっと更衣は目をつぶり、倒れかかってきた。

深雪が几帳ごと更衣を抱きとめる。華奢で、とても軽い。そんなに広くもないはずの深雪の腕の中に、すっぽり納まってしまう。

あんなにしつこかった眠気は、跡形もなく吹き飛んでいる。だが、身体中の力が根こそぎ持っていかれたような気もする。

几帳が倒れてから、更衣が気を失うまでは、ほんのわずかな時間しか経《た》っていない。

それでも、深雪には実際の何倍以上にも感じられたのだ。

いままで聞こえなかった周りの者たちのざわめきが、やっと深雪の耳にも届き始めた。

みんな、突然のことに動揺している。

「何事ですか」

ざわめきの中を突き抜けるように、小宰相の凛《りん》とした声が飛ぶと、深雪を含め、弘徽殿の女房たちは反射的に身をすくめた。

小宰相のことは何も知らないはずの、梨壺の女房たちもそれに倣《なら》う。

「更衣さまが、いきなり、倒れられて」

言葉をつまらせながら、梨壺のやや年長の女房が小宰相に説明する。確か、筑前《ちくぜん》という名の女房だ。

筑前以外の梨壺の女房は、ただおろおろするばかり。恐慌状態に陥って、泣き出す者も出る始末。

使い物にならない彼女たちの代わりに、小宰相がきびきびと指示を下した。

「敷物をあちらの部屋へ。更衣さまを早くお連れして。誰か、このことを加持《かじ》の方々に伝えて、少し声を落としていただいて」

あわただしく、弘徽殿の女房たちが指図どおりに動く。深雪も筑前とともに、更衣を支えて別室に運ぶ役を担った。

ぐったりと二人にもたれかかる更衣は、死人のように青ざめている。

やや音量が小さくなったとはいえ、僧侶たちの経を読む声は、依然、弘徽殿に重々しく響いていた。

それにだぶって聞こえる女房たちの不安げなざわめき。あわただしく行き交う衣《きぬ》ずれの音。

深雪は訳もなく、そんな音たちの中にうそ寒いものを感じていた。その感覚はじわじわと彼女を浸蝕《しんしょく》する。

こんなことは、一度たりともなかった。いつだって、自分は快活すぎるぐらいだったのに。

(梨壺の女房たちみたいに取り乱しては駄目)

深雪は自分自身に言い聞かせた。

(思い出しなさい、深雪。小さい頃、隣のお化け邸も恐ろしくはなかったわ。探検したいって言い出したのは、そもそもわたしだった。渋る夏樹を無理にひっぱっていったけど、結局、なんにもなかったじゃない。そんなものよ。今夜のことだって、更衣さまが心労のあまり、少しばかり取り乱されただけ……)

だが、どうしても違和感は消えない。

ふいに、弘徽殿を押し包む夜を肌で感じる。夜の闇には異類異形《いぎょう》のものたちが、鬼がひそんでいるという。

きっと、その闇は、更衣が束《つか》の間《ま》、見せた瞳の色と同じに違いない——

急に、ぞくぞくと身体が震える。深雪は初めて、御所の闇を怖いと思ったのだった。

第三章　夜中出歩くものたち

陰陽寮《おんみょうりょう》の一室で、夏樹は一条と向かい合って座っていた。

出された白湯《さゆ》をすすると、夏樹もだんだん落ち着いてくる。飲み干した頃には、

(ここは陰陽寮なんだから、あの程度は当たり前か……)

と思える余裕まで出てきた。

一条はあの火の玉についてなんの説明もしようとはせず、ずっと黙っている。

昨夜、御所の暗がりで見た彼は、髪を下ろしていたせいか、少女のような少年のような、中性的な色香が感じられた。

いま、灯火の明かりに照らされた彼には、少年らしい凛々《りり》しさがある。

(いくつぐらいかな)

自分よりも大人びて見えるが、同じ十五か、せいぜい十六ぐらいだろう。

なんとなく、白湯を運んできた老舎人《ろうとねり》の態度から、一条のここでの扱われかたが察せられた。

一介の陰陽生《おんみようしよう》とは思えないほど、大事にされているようだ。それだけ貴重な人材だということなのだろう。

ふいに、一条が口を開いた。

「おびえないんですね」

意味がわからず、眉根を寄せる夏樹に、一条はゆっくりと言う。

「あんな大きな火の玉を見てしまったのに、あなたは最初に驚いたきりだ」

「そんなこと……だって、ここは陰陽寮じゃないか」

「火の玉ぐらい出てきても当然だということですか？」

「陰陽師《おんみようじ》は鬼神を操ったり、星の動きから凶事の先読みをしたりするんだろう？　なれば、それくらい……」

一条はふっと唇を歪《ゆが》めた。夏樹には苦笑のように見えたが、ただの微笑だったのかもしれない。

「珍しいかたですね」

褒められたのか、けなされたのか。うろたえた夏樹は、何か言わなくてはと、とっさに思った。

「――子供のときに、周防《すおう》の山で迷ったことがあるんだ」

言い訳がましく聞こえるのではと心配しながら、夏樹は昔の体験を語り始める。

「乳母《めのと》が山にキノコ採りに行くというんで、ついていったんだよ。周防の秋の山に分け入ったのは、あれが初めてだった。山全体が黄金《こがね》や紅《くれない》に染まって、信じられないほどきれいで。キノコだけじゃない、木の実やら何やらで、持っていった籠はたちまちいっぱいになった。それで、夢中になってふらふら歩いているうちに、乳母とはぐれてしまったというわけさ」

ちらりと一条の様子を伺うと、彼は怪訝《けげん》そうな顔もせず、黙って聞いてくれている。

夏樹は内心ホッとして、先を続けた。

「迷子になったと気づいてすぐに陽《ひ》は落ち、たちまちあたりは真っ暗になる。夜の山中にたったひとりで残されたときの気持ちがわかるかな。どんなに叫んでも泣いても、乳母は来ない。だんだん寒くなってくる。怖くて怖くて、うずくまってがたがた震えていたよ。草むらを妙な物音がすると、蛇だか狼《おおかみ》だかが近づいてくるところを想像してびくびくして……」

あのときの風の冷たさ、枯れた草の匂い、夜の深さがまざまざと脳裏に蘇《よみがえ》る。

ただ丸くなって震えていた幼い自分。

あたりは黒一色。一寸先も見えなくて、崖に落ちたらと思うと、不用意に踏み出すことさえできない。

現に、暗い中を歩いていて急な斜面を転げ落ち、身体《からだ》のあちこちにすり傷をこさえていた。

疲れのせいで、胃は空腹を訴えてくる。しかし、たくさん採ったキノコや木の実は斜面を転げたときに全部ぶちまけてしまい、飢えを癒すものは何もない。

絶望のあまり、もはや邸《やしき》には二度と戻れないのだと信じこみそうになった。

きっと、寒さよりも疲れよりも飢えよりも、そんなふうに気弱になることが幼い身体には堪《こた》えたのだろう。

指先や爪先の冷たさが全身にじわじわと広がる。やがて、冷たさは痺《しび》れに変わる。目を開けていることすら、次第につらくなってくる。

誘惑に身をゆだね、まぶたを下ろそうとしたとき、狭まる視界の片隅で何かが光った。

驚いて、閉じかけた目をいっぱいに見開く。見間違いではない。

どこまでも広がる闇の彼方《かなた》に、薄蒼《うすあお》い火がちらついているのだ。

乳母の桂が自分を探しにきてくれたのだと夏樹は思った。

そのときの安堵感《あんどかん》は、本当に、たとえようもなかった。絶望も痺れも、跡形もなく吹き飛んだのだ。

夏樹は明かりに向かって駆け出した。藪《やぶ》に突っこもうが、木の根に足をとられて転ぼうが、めげずに彼方の明かりを目指す。

明かりとの距離はぐんぐん縮まる。

（もう少しだ。もう少しで桂の声が聞こえてくるはず――）

夏樹はそう信じて、漆黒の闇を駆け抜けた。

が、ふいに明かりは消える。一瞬にして周囲は闇ばかりとなる。

仰天した夏樹は立ち止まり、消えた明かりを懸命に探した。

すると、自分が目指していたところよりもさらに先に、薄蒼い火が灯《とも》っているではないか。

桂はぼくに気づかずに移動したんだ、と夏樹は思った。

ここで見捨てられては、もうどうしようもない。夏樹は再び全速力で走った。

そうやって、ようやく近づいたかと思うと明かりは消え、見失ったかと思うと、またさらに遠くに明かりが灯る。

それが何回繰り返されただろうか。

夏樹は、何の疑問も抱《いだ》かなかった。飢えも、寒さも、傷の痛みも、もはや念頭にない。明かりの場所へ行き着くことしか考えられなかった。

消えては灯り、近づいては遠ざかる火を追い続ける。そんな夏樹を、ふいに誰かが抱きとめた。

「若さま！」

桂の涙まじりの声が耳に響く。桂の肌の温かみが全身を包む。

きつく抱きしめる桂の肩越しに、松明《たいまつ》を持った家人《けにん》たちが四、五人、見えた。彼らはみな、疲れた顔をしながらも一様に安堵の表情を浮かべていた。きっと、かなり長いこと、探しまわってくれたのだろう。

助かったのだ。やっと、桂のもとへたどりつけたのだ――

そうは思えど、そのときの夏樹の心を強く捕らえたのは、感動よりも何よりも困惑だった。

家人たちの松明の火は赤い。自分が必死で追いかけた火は、こんな色ではなかった。もっともっと蒼くて、冴《さ》えざえとした光で……。

そのときになって、やっと夏樹は気づいたのだ。あの火は、松明の明かりなどではなく、まったく別のものだったと。

では、絶望した夏樹に希望を与え、桂たちのいるところへ導いてくれたあれは、いったいなんだったのか。

釈然としないまま、夏樹は家人の背に負われて、山を降りた。

そのときに、ただ一度だけ、夏樹は背後の闇を振り返った。

暗い夜空を背景に、さらに暗く山が影を落としている。その山の影の中に、あの蒼い火が灯ったのだ。

今度はひとつきりではなく、いくつもいくつも。

凍《い》てつくような蒼が、微《かす》かに揺らぎながら煌《きら》めく。

目撃したのは、振り返った夏樹だけ。それも、ほんの一瞬の出来事だった。

たちまち火はひとつ残らず消え、山はまた夜の闇に沈む。

だが、その光景は夏樹の心から消えることはなかった。

畏《おそ》れを感じるほどの美しさというものが存在することを、彼はこのとき初めて知ったのだった。

「あとで乳母にだけそっとこのことを話したら、山の神がキツネに命じて狐火《きつねび》を灯させたのかもしれないって言われたよ。なんにしろ、人間の仕業《しわざ》じゃないと思う。まあ、そういうわけで……物《もの》の怪《け》だろうがなんだろうが、全部が全部悪いものじゃないってことは、経験的に知ってるつもりでね」

夏樹は昔語りをそうしめくくった。

その途端、聞き役に徹していた一条がくすっと笑う。

「でも、社《やしろ》から出てきた火の玉には驚いたみたいでしたけど」

「あれは、ふいをつかれたから……！」

夏樹が顔を赤くして弁解すると、一条はとりあえず笑うのをやめた。が、彼の色の淡い瞳はまだ笑みを含んでいる。

昔の話までしてごまかそうとしたのに、逆効果だったらしい。

（どうも調子が狂うな……）

昔語りをするためにわざわざここに来たわけじゃないと、夏樹は本来の目的を思い出し、ついさきほどの、夢とも思えぬ奇怪な出来事を一条に話し始めた。

話している間は、夏樹は一条を見ることができなかった。こちらの言うことを疑うような素振りが少しでもあったなら、何も話せなくなってしまいそうだったから。

とにかく、途中で遮られることもなく、あの奇妙な赤子のことを終《しま》いまで語りおおせることはできた。

ふと気づくと、一条が興味深げな視線を夏樹の刀へと向けている。

「なるほど……それで、その腰の刀《たち》が物の怪を退けたわけですね」

考えるより先に、夏樹は太刀の鞘《さや》に片手を置いて、一条の視線から守るような姿勢をとった。

「取り上げようなんて思っていませんよ」

そう言われて、鞘からすぐに手を離す。過敏に反応した自分が、妙に気恥ずかしかった。

一条は気を悪くしたふうではなかったが、その場を取り繕うために、夏樹は早口でしゃべりだした。

「こんな夜中にいきなり訪ねてきて、悪かったと思っている。宴《えん》の松原《まつばら》で助けてもらったばかりなのに、こうやって助力を乞うのはおかど違いかもしれない。だけど、昨夜《ゆうべ》、あれを見たきみなら、何か思い当たることがあるんじゃないかって閃《ひらめ》いたんだ。他に陰陽師の知り合いもいないことだし、ぜひとも意見を聞かせてほしい。鬼の足跡のほかにもうひとつ残されていた幼な子の足跡のことは、知っているだろう？　あれと、今夜、ぼくのところに現れた赤子とは、関係があるのかどうか。知りたいのはそこなんだ。どう思う？」

「どうと言われましても……」

しばしの間、一条は何事か考えこむように黙っていた。あるいは、単に夏樹を焦《じ》らしていたのかもしれない。

長い沈黙に夏樹が痺れをきらしそうになる寸前、一条はやっと口を開いた。難しそうな顔をして、

「いまのところ、不明瞭な点が多すぎて、確かなことは何も言えませんね」

しごく当然な言い分だった。夏樹も半ば予想はしていたが、失望を隠しおおすことはできなかった。

その反応をしっかり見届けてから、一条はがらりと表情を変えた。

「でも、せっかくですから、何かやってみましょう。実はこれから、梨壺《なしつぼ》で祈禱《きとう》をしている師匠と交替しなければならないんですよ。交替したあとなら、梨壺には誰もいなく

なるし、絶好の場所でしょう？」

何が絶好なのだろうか、と夏樹は少々不安になった。

「よろしかったら、同行されませんか？　師匠にみつからないよう、こっそりと……」

「いや、自分も宿直《とのい》の最中だから」

事実、思いのほか、話に時間がかかってしまった。

一条の提案に心惹《こころひ》かれるものはあるが、そろそろ右近衛府《うこんえふ》に戻ったほうが無難だろう。

それに、なにやら怪しげな雰囲気を感じる。

「とりあえず、魔を退けるような呪文でもあったら教えてもらえれば……」

「そんなものより、元を断ったほうが確実でしょう？」

「そりゃあ、まあ」

「ちょっとだけ待っていただけますか」

一条は夏樹の返事を待たずに立ち上がり、部屋を出ていった。ほどなく戻ってきた彼は、硯《すずり》と筆一式を携えていた。

何が始まるのかと、夏樹は半分興味津々で、そして半分警戒しつつ、一条を見守る。

夏樹の視線を意識した芝居がかった仕種《しぐさ》で、一条は懐から人形《ひとがた》に切り抜いた白い紙を取り出した。

「この紙にお名前を書きこんでくれませんか」

「ぼくの？」

「ええ。あなたの名前を」

よくわからないが、これもまじないなのだろう。

夏樹は言われるままに、筆にたっぷり墨を含ませ、紙の中央に自分の名前を書きこんだ。

「これでいいのか？」

一条はうなずき、紙人形を受け取って、てのひらに載せた。

ふっと息を吹きかけると、紙人形は軽やかに宙へ舞い上がる。暗がりの中を、白い残像を描きつつ、くるくると回る。

夏樹がその軌跡を目で追っていると、紙人形は部屋の片隅に力なく落ちた。

次の瞬間、その場所にひとりの少年の立ち姿が現れる。

緑色の袍《ほう》を身に纏《まと》い、腰には太刀を佩《は》いた、武官の装い。

それまでは気配すら感じさせなかった。足音もなく近寄ったとは思えない。あの紙人形が変化《へんげ》したのだ。

それだけでも十分驚くべきことだが、夏樹の受けた衝撃はもっと大きかった。

ふいに現れた少年を、声もなく見つめ続ける。

無理もない。装束といい、背恰好《せかっこう》といい、顔といい、彼はすべてが夏樹そっくりだったのだから。

「身代わりですよ。夜明けにはもとの紙人形に戻りますから、あと腐れもありません」

自慢するわけでもなく、なんでもないことのように一条は説明する。

「ただ難点があって、『はい』『いいえ』程度がせいぜいで、長くはしゃべれないんですが……」

「それは……大丈夫……だと思う」

ようやく衝撃から立ち直ってきた夏樹は、言葉をつかえさせながら請け負った。

「きっと、今夜は誰とも話さずに済むと思うよ」

言ったあとで、一条がそれをどう受け取ったか心配になった。

宴の松原でのやりとりを、彼は見聞きしていたに違いない。勘は鋭そうだし、近衛《このえ》の中で夏樹が孤立していることは、もうバレてしまっただろう。

しかし、一条はそれに関しては触れず、

「とりあえず、これで間に合いますかね」

と言っただけだった。

「うん……これなら、ね」

夏樹は身代わりを頭のてっぺんから爪先まで見回し、保証する。

本当に、自分自身でも見分けがつかないほどそっくりだ。

むしろ、少しばかり身代わりのほうが見栄えがいいかもしれない。それとも、自分ではそれほどと思っていないだけで、他人の目から見たらこんな感じなのだろうか。

「夜明けまで、身代わりだと誰にも気取《けど》られないようにできるかな？」

「はい」

一条に対し、短く答えたその声も、夏樹のものとまったく同じだ。確かに、これならなんとかなるだろう。

指示はそれだけだったが、紙人形の夏樹はすべてを心得たような顔で部屋を出ていく。その微かな足音が遠ざかってから、一条は本物の夏樹を振り返った。

「では、こちらもまいりましょうか」

馴染《なじ》みの家に遊びに行くような、とても気軽な口調だった。


横たわる梨壺の更衣《こうい》に、筑前《ちくぜん》が大袿《おおうちぎ》をそっと掛ける。

更衣をここまで運ぶのを手伝った深雪《みゆき》も、敷物の傍らに座って、その寝顔をみつめていた。

長いまつげがことさら目立つ。顔色はすっかり青ざめているが、それがまた、守ってやりたいという気をこちらに起こさせる。

筑前が甲斐《かい》がいしく更衣の世話をするのも、そういったところが気にかかるからなのだろう。

「伊勢《いせ》の君《きみ》」

呼ばれて、深雪はハッと我に返った。振り向くと、筑前が深々と頭を下げている。

「本当にありがとうございました。わたくしひとりでは、更衣さまをお運びすることもままなりませんでした。梨壺の女房たちは、恥ずかしながら不慣れな者が多くて……」

「いいえ、そんな、あの状況では無理のないことですわ。お気になさらず、どうぞ、お顔を上げてください」

感謝されるのはともかく、卑下されるのは好きではない。深雪は恐縮するばかりの筑前をなだめすかし、なんとか頭を上げさせた。

が、筑前は今度は、涙ながらに心もとなさを訴えてきた。

「どうしたわけか、梨壺は災難続き。待望の皇子《みこ》さまが亡くなられた次は、侍従《じじゅう》があんなむごいことになって……。もともとお身体の弱い更衣さまには、このたびの出来事がことのほか堪えられたご様子。わたくしたちも、どうしていいのか……」

「確かに、お気の毒ですが、こういうときこそ、おそばにいらっしゃるかたが心強くなさらなければ。いつまでも悪いことばかりは続きますまいに」

湿っぽいのも好きではない。深雪は慰めるつもりで筑前の背に手を添えたが、かえって涙の量は増してしまった。

嘆くことしかしない筑前にほんの少しうんざりしてはいたが、同情のほうがまだ勝《まさ》っていた。

普段ならだんだん面倒臭くなってくるはずなのに、優しい言葉をあれこれと、辛抱強く聞かせてやる。

どうも、更衣の打ちひしがれた様子が、深雪にも影響を及ぼしたようだ。

「今日はいろいろなことがありましたもの。更衣さまも慣れない弘徽殿《こきでん》で気疲れなさったのですわ。きっと明日にはお元気になられますとも」

「でも、皇子が亡くなられてから涙がちに過ごされてはおりましたが、あのように突然、不可解なことをなさるなんて、いままで一度もなかったことなんですのよ」

「いいえ、更衣さまが動揺なさったのも無理はありませんわ。ちょうどあのとき、どこからか赤子の泣き声が聞こえてきて、それで更衣さまは急に皇子のことを思い出され、取り乱されたのですわ」

それを聞くや、筑前は涙で汚れた顔を上げ、不思議そうな表情を浮かべた。

「赤子の泣き声……ですか？」

「ええ、あの少し前に聞こえたように思ったのですが」

「わたくしには何も……」

そう言われると、深雪も心もとなくなってくる。

本当にあれは赤子の泣き声だったのか。御所に迷いこんだ夜鳥の鳴き声でも聞き間違えたのではあるまいか。

しかし、深雪よりもそばに控えていた筑前が聞いていないのであれば、鳥かどうかも怪しい。では、自分だけの幻聴だったのか。

更衣が倒れる間際に泣き声がどうのと言ったから、空耳ではなかったのかと思い直したところだったのに。

「聞き間違いだったのですね。あのとき、更衣さまが『わたくしの皇子が泣いて……』というふうにおっしゃったもので、てっきり……」

ふと、妙な気配を感じて深雪は背後を振り返った。

つられて筑前も同じ方向を見る。とたんに、彼女はあっと声をあげた。

「更衣さま……！」

眠っていたはずの更衣が、いつのまにか半身を起こしていた。

すぐさま筑前が這《は》い寄り、更衣の手を取る。

「おかげんはいかがですか。いったい、なぜ、あのように突然立ち上がろうとなさったのです」

その声は甲高く、小さな子供を叱責するようでもあった。しかし、更衣は筑前の言葉など聞いてはいなかった。

童女のように小首を傾《かし》げ、筑前の顔をじっとみつめている。

焦点はあっていない。視線は筑前を通り越し、その後ろの深雪すらすり抜けて、遠い彼方へ向けられているようだ。

更衣の目は、さきほど深雪をおびえさせた、底の知れぬ闇を宿していた。

深雪は声も出せずに、その場に凍りつく。

「わたくしの皇子は？」

虚《うつ》ろな目をしたまま、更衣は筑前に問いかける。

「わたくしの皇子はどこへ？」

「更衣さま、しっかりなさってくださいまし。皇子さまはもはや――」

さすがに面と向かって口にするのは憚《はばか》られたのか、筑前の言葉は途中で小さくなってしまった。

だが、更衣にわが子の死を思い出させるのには、それで十分だった。

更衣の暗い瞳が大きく見開く。何かをとぎれとぎれにつぶやいているが、深雪には聞き取れない。

深雪は耳を澄まして更衣の言葉を拾おうとし、目を凝らして更衣の唇の動きを追った。

彼女自身もこの事態にとまどい、漠然とした恐怖すら感じているというのに。

「あんなに……」

ようやく、更衣のつぶやきは明瞭な音になってきた。

「あんなに元気だったのに……わたくしの皇子は、あんなに……」

泣き出すのかと思ったのに、更衣の瞳は乾いたままだった。代わりに、空虚だった瞳の奥で、燠火《おきび》のように何かが揺らぐ。

「わたくしの皇子は——呪い殺されたのだ！」

深雪は息をするのも忘れて更衣を凝視した。言葉の内容以前に響きの毒々しさに打ちのめされたような気がした。

筑前はあわてふためき、更衣の肩を揺さぶった。

「更衣さま！　なんということをおっしゃるのですか！」

とり乱す筑前とは対照的に、更衣は目を伏せ、さっきとは打って変わった静かな口調でなおもつぶやき続ける。

「わたくしの皇子は……呪詛《じゅそ》された……でなければ、なぜあのように元気な御子《おこ》が急に……」

「病だったのでございます。まだお小さくて、病に打ち勝てなかったのでございます」

必死に叫ぶ筑前を、更衣は完全に無視する。もはや、自分の内なる声にしか耳を傾けていないのだろう。

「帝《みかど》のただひとりの御子を呪ったのは誰……わたくしの皇子を殺したのは」

更衣が頭を左右に振ると、長い髪がはらりとその白い顔にかかる。

ふと気づくと、いくすじもの黒髪の間から、更衣の目がまっすぐに深雪を見ていた。

「あっ……」

深雪は思わず声をあげたが、ため息程度の音にしかならなかった。

そのすきに、更衣は筑前をおしのけ、深雪に近寄ってくる。

更衣はとても静かな表情で、とんでもないことを口にした。

「皇子を呪ったのは……弘徽殿か？」

「更衣さま!!」

筑前が駆け寄り、後ろから更衣の背中を抱きとめた。

「どうかもう、落ち着かれてくださいませ！」

半狂乱の勢いで筑前が叫ぶ。それが功を奏したのか、更衣の身体がびくんと震えた。

それから、不思議そうに背後を振り返る。

「筑前……？」

初めて筑前を認識する。それといっしょにあの奇妙な感じが消える。急に憑《つ》きものが落ちたような雰囲気だ。

「わたくしは……」

更衣はぼんやりと首を振る。自分の言ったことを覚えていないのだと、深雪はすぐさま悟った。ならば、このままにしておいたほうがいい。

「読経《ときよう》の途中で倒れられたのです。お疲れになっているせいですわ。どうぞ、もうお休みになってください」

けして間違いではないから、すらすらと言葉が出る。

「伊勢の君のおっしゃるとおりです。こちらへ、どうぞこちらへ」

筑前にまで言われ、更衣も納得できたらしく、ふたりに支えられて褥《しとね》に戻った。

再度、筑前は横たわる更衣の肩に大袿を差しかける。

「筑前……」

弱々しく、更衣がつぶやいた。

「あのとき、赤子の泣く声を聞いたように思ったのだけれど……」

しかし、筑前はきっぱりと否定する。

「いいえ。読経の声しか聞こえませんでしたわ」

「そう……」

今度は納得したようには見えなかったが、更衣はそれ以上何も言わず、目を閉じた。

ほどなく、眠りに落ちたことを証明するように微かな寝息が聞こえてくる。

深雪はホッと胸を撫《な》で下ろした。

(これでもう、とりあえず自分のすべきことはないわよね)

そう思い、静かに退散しようとしたのだが、果たせなかった。深雪の腕を、突然、筑前がつかみ引き止めたのだ。

「伊勢の君、どうか、どうか、いまのことは内密にしてください」

更衣を起こさぬようひそめた声で、筑前は言い募る。

「ご心配なさいますな。あれが、更衣さまの本心ではないことは重々わかっております」

口止めされずともそうするつもりだと、言葉だけでなく表情や身振りで伝えようとした。

しかし、うまく伝わらなかったらしく、筑前はますます強く深雪の腕を握る。

「更衣さまは正気を失っていらっしゃったのです。呪詛などと、とんでもありません。物の怪がとりついて、あのようなことを言わせたのですわ。わかってくださいますよね」

筑前は語調を強めると同時に、深雪の腕をきつく握りしめた。

痛い。袖を突き破って、彼女の爪が腕に食いこんできそうだ。

「更衣さまは本当に、弘徽殿の女御《にょうご》さまのご配慮に心から感謝していらっしゃいました。どうか、あのようなことが更衣さまの本意だとは、けして思ってくださいますな」

どうやら、弘徽殿の女御が皇子を呪詛したのではないかと更衣が言ったのを、気にしているらしい。

確かに、あの発言は大きな問題になりかねない。もっていきようによっては、梨壺の更衣を御所から追い出すこともできるし、弘徽殿の女御の立場を悪くすることもできるのだ。

深雪はどちらも望んでいない。不幸に打ちひしがれている更衣を陥れたくはないし、主人である女御を悩ませるなどもってのほかだ。それに——

ここで諾《うん》と言わねば、どんな振る舞いに出るかわからない。そう思わせるほど、筑前の目つきは尋常ではなかった。

更衣の虚ろな目も怖かったが、筑前の血走った目も怖い。

深雪は安心してもらおうと、無理矢理笑みを作った。

「無用なご心配はなさいますな。更衣さまが混乱なさっていらっしゃったのは、よくわかっています。けして本気になどいたしませんとも」

その言葉に嘘《うそ》はないかどうか、探るように筑前は深雪をみつめる。

どうやら合格したらしく、筑前はやっと手を離してくれた。それでも、念を押すことは忘れない。

「くれぐれも他言なきよう、お願いいたしますよ」

深雪はうなずくと、足早に筑前の前から逃げ出していった。

陰陽寮を出た夏樹と一条は、梨壺を目指して御所の暗闇を歩いていた。

身代わりが右近衛府に向かっているからには、本物の夏樹はなるべく人に見られないほうがいい。

そういうわけで……夏樹は一条としっかり手を握っている。

隠形《おんぎょう》の術とかいって、こうすると夏樹の姿は他人に見えないらしい。

いや、見えてはいるのだが、夏樹という人間だとは認識されず、道端の小石程度にしか注意を引かなくなるのだそうだ。

便利ではあるが、こんなふうに誰かと手を繋《つな》いで歩くなど、元服したいまとなってはほとんどない。おかげで夏樹はひとりで照れまくっていた。

それに——右近の中将《ちゅうじょう》や光行に触れられたときはおぞましいと思ったのに、一条の手にはそんな感じがない。むしろ、滑らかで温かく、触れているのが心地よいほどだ。

夏樹のとまどいを知ってか知らずか、一条は何も言わずに先を急ぐ。

彼は闇を見通す目を持っているらしく、物にぶち当たったり、つまずいたりすることなく、夏樹をひっぱっていく。

夏樹の指にからめられた一条の指は、とても優秀な道案内だった。

途中、夏樹が見咎《みとが》められることもなかったし、一条が梨壺にいる権博士《ごんのはかせ》と交替するのだと言えば、門を守る衛士《えじ》もすぐに通してくれた。

その際に、どうせこっちには注意を払わないし、めったにできない経験なのだからと、夏樹は相手の反応をじっくり観察した。

じろじろ見られているとは夢にも思っていない衛士は、さりげなく一条を盗み見ていた。

畏れと好奇心が混じりあった視線。どうやら前者が圧倒的に勝っているらしく、一条と目があいそうになるとすぐに避ける。

妙だなと思ったので、そこを通り過ぎてから、夏樹は、

「あの衛士、やけにひっかかる態度だったと思わないか」

と訊《き》いてみた。

一条は曖昧に首を振る。同意とも否定ともつかない動作だ。

「陰陽生・一条の噂《うわさ》を知っているんでしょうよ」

「何？　どんな噂？」

「一条という陰陽生は、若輩ながら式神《しきがみ》を使い、何もかも言い当て、密封した箱の中身までぴたりと当てる、とか」

「へえ、すごいじゃないか」

夏樹の賞賛を、一条は鼻でせせら笑う。

「陰陽師なんて、困ったときは頼りにしても、そうでないときは、うさん臭くて得体の知れない連中だと思っているんじゃないですか？　きっと、あの衛士も気味悪がっていたんですよ」

口調は抑えてあるが、冗談とはとても思えない言葉だった。

夏樹はぎょっとして一条をみつめた。整った横顔は、その美しさゆえか、よけいに冷ややかに映る。

「でもね、陰陽師は神でもなければ鬼でもない。星の動きや気の流れを読んで、それに沿って動くから、他人よりうまく立ち回っているように見えるだけですよ」

「だけど……それって十分、自慢していいことなんじゃないかな」

ささやかな反論は無視されてしまった。あるいは単に聞こえなかったのかもしれないが、夏樹はそうではないと受け取った。

褒めたつもりが気を悪くさせたようだ。どうしてそうなったのか訳がわからないが、ここで手を離され置きざりにされては困る。

梨壺への残りの行程では、夏樹はずっと口をつぐむことに決めた。一条も、彼のほうから語りかけることはしなくなる。

黙々とふたりは歩き、ほどなく、梨壺にたどりついた。

確かに、梨壺の周辺には人気《ひとけ》がなかった。なにしろ、あんなことがあったばかりだ。更衣がここに戻るかしない限り、しばらくは警固の者さえ、梨壺を避けていくだろう。

「それでは、師と交替してきますから、しばらくそのへんに隠れていてください」

一条は夏樹の手を離し、あたりを適当に指差す。どうやら機嫌は直ったらしい。

「もう手を握ってなくてもいいのか？」

「どっちみち、隠形も師匠には見抜かれてしまいますからね。それとも、手を繋いでいないと寂しいんですか？」

「馬鹿言え」

いきなりからかわれて、夏樹は顔を赤らめた。赤面したことがまた恥ずかしくなって、際限なく照れてしまう。

どんどん赤くなっていく夏樹を、一条は最初ぽかんとしてみつめ、それからクッと笑った。

馬鹿にされた感じはない。本気でおかしかったらしく、もっと大きくなりそうな笑い声をなんとか嚙《か》み殺している。

「本当に正直なかたですね」

褒められているのか、皮肉なのか。夏樹は口の中で「うるさい」とつぶやく。が、一条は聞こえないふりをする。

「物事をあるがままに受け止められるということは、人として十分自慢になる美徳なんですけどね」

どうやら、さっきの仕返しらしい。

「けれど、特に御所《ここ》では正直すぎると命とりになりかねない。気をつけられたほうがいいですよ」

最後のほうは表情も声も真剣で、純粋に親切心から出たもののようだった。が、それを認めるともっと居心地悪くなってしまいそうだったので、夏樹は素っ気なく答えた。

「ご忠告、ありがとう」

それからすぐに建物の陰に向かう。

「こっちに隠れてるから、そっちも早く交替してきてくれ」

夏樹は出入り口からちょうど死角になりそうな、建物の陰に身を潜めた。

着ている深緑の衣装も、ちょうどいい目くらましになっている。これなら、そこにいるとわかって見ているのでなければ、みつかることはあるまい。

「それでは、合図するまでそこにいてくださいね」

そう念を押して、一条は梨壺の中に消える。

しかし、ただじっとしているのも退屈なものだ。内部での会話でも聞き取れないもののかと、夏樹は耳をそばだてたが、全然効果はなかった。

今夜は、木々を揺らす風もない。下弦《かげん》の月は細く、春の夜の闇がねっとりとした質感をもって横たわっている。

こんな暗闇にひとりでうずくまっていると、余計なことばかりが思い出されてくる。昨夜の恐ろしげな馬頭鬼《めずき》、今朝《けさ》の女房の無惨な死体、今宵《こよい》の不気味な赤子——

脳裏に浮かぶ絵柄はどれもこれも、気を滅入《めい》らせるものばかり。

このぶんなら、身代わりなど立てず、右近衛府で交替時間までのんびりしていたほうがよかったのかもしれない。たとえ、あの気味の悪い赤子が再び現れようと……。

そのとき、みしりと床板が軋《きし》む音が聞こえた。

一条の指示も忘れ、隠れた場所から夏樹はそうっと顔を出す。すると、梨壺の階《きざはし》を降りていく人物に目がとまった。

白っぽい衣装が夜目にもくっきり映る。おそらくは、あれが一条の師匠の、賀茂《かも》の権博士なのだろう。

斜め後ろからなので、横顔がちらりと見えただけ。しかし、それだけでも十分に印象に残る顔立ちだった。

切れ長の眼《まなこ》は涼しげ。すっと通った鼻梁《びりょう》には気品が漂う。薄い唇には大人の落ち着きまで感じられた。

実際の年齢《とし》は二十歳《はたち》ほどだろうに、それ以上の風格がある。

さすがはあの一条の師匠だけあるな、と夏樹は感心した。

賀茂の権博士が立ち去ってからも、夏樹はなんとなくぼうっとした心地でいた。ハッと気づくと、梨壺の中から一条が顔だけ出して、自分の名を呼んでいる。

どれくらい呼び続けていたのだろう、一条はかなりいらいらしているようだ。さっきの会話もまだ彼の中で尾を引いているのかもしれない。

「さあ早く。権博士が戻ってこないとも限らないんですよ」

急《せ》きたてられ、夏樹はあわてて隠れ場所から出てきた。が、階の前でとまどってしまう。彼の身分ではここへ上がることは許されていないのだ。

梨壺は帝の妃《きさき》の住まい。そこへ資格もなく許可もない夏樹が踏みこんだとばれれば、身の破滅になりかねない。

「早く」

一条は夏樹が長くためらうのを許さない。

「ここで見てるっていうんじゃ……駄目なのかな?」

おそるおそる無難な提案をすると、一条は小さく舌打ちした。すぐさま階を途中まで降りてくると、夏樹の腕をつかんで引っぱりあげる。こんな力がどこにあるんだろうと思うほど軽々と。

「おい、こらっ……」

「静かに！」

抵抗する暇もなく、夏樹は有無を言わさず梨壺の中に連れこまれてしまった。

呆然《ぼうぜん》としながら、夏樹は梨壺の床板を踏みしめる。こうなると、もう観念するしかない。

（落ち着け、落ち着け、要は誰にもみつからなけりゃいいんだ……）

そう言い聞かせ、夏樹は周囲を見渡した。闇に慣れた目に、部屋に置かれた数々の調度品が映る。どれも趣味のよい品ばかりだ。

微かに漂うのは、女房たちの残り香か。弘徽殿でかいだ薫衣香《くのえのこう》とよく似ている。

人気のない殿舎は、華やかな香りが残っている分、よけいに空虚な感じがした。

部屋の奥を覗《のぞ》くと、小規模な祭壇のようなものがしつらえてあった。白い紙で作られた御幣《ごへい》や、飯を高く盛り上げた器が並べてあったので、それとわかったのだ。

壇の横には明かりがひとつ、前には円座《わろうだ》が敷いてある。権博士がそこに座って祈禱をしていたのだろう。

「で……ここで何をする気なんだ」

夏樹は衿《えり》もとを緩めながら尋ねた。陰陽道の道具一式がもたらす不気味さに、少々怖《お》じ気《け》づき始めていたのだが、自分ではそれとわかっていない。

「鬼をおびきよせるんですよ」

一条は他の者と違って『鬼』という言葉を平然と口にした。

「でも、どうやって」

「それなりの仕かけはしますよ。あなたは黙って見ていてください——水無月《みなづき》」

一条は梨壺の外に向かって、誰かの名を呼んだ。

けして大きくもないその声に反応して、閉まっていたはずの妻戸《つまど》がカタンと開く。

夏樹が振り返ると、開け放たれた妻戸のところに七、八歳ほどの女童《めのわらわ》がかしこまって控えていた。

「いつのまに……」

自分たち以外に、ここには人の気配などなかった。まして、こんな深夜の、女主人にも見捨てられた梨壺で、小さな子供がひとり残されているはずがない。

女童は夏樹が見たこともないような衣装を身に着けていた。

基調は濃い紅色《あかいろ》だが、裾や袖に行くほど色はさらに濃くなり、最後には黒に変わっているのだ。

肩より下で切り揃《そろ》えられた漆黒の髪には、服と同じ紅の飾り紐《ひも》を結んでいた。

黒と紅——この色合いにはどこかで接したような、と夏樹が思っていると、女童はゆるゆると顔を上げた。

愛らしい顔だち。長いまつげに縁どられた、つぶらな瞳があらわになる。

夏樹は危うく驚きの声をあげそうになった。女童の瞳は、鮮血にも似た濃い紅色に輝いていたのだ。

「水無月」

一条は動じることなく、女童に呼びかける。

「どこからか生肉を調達してきてくれないか。量は多くなくていいから、新鮮なものを頼む」

女童は小さくうなずいて立ち上がると、床をトンと蹴って、宙に飛び上がった。たちまち、その小柄な身体は炎の塊に変わる。陰陽寮の社から飛び出した、あの火の玉に。

火の玉はふらふらと尾を引きながら、どこへともなく飛んでいった。夏樹はぽかんと口を開けて、それを見守る。

「あの女童……」

「式神ですよ。聞いたこと、ありませんか？」

「式神って……陰陽師が使役《しえき》する鬼神のことか？」

話には聞いたことがあっても、見るのはもちろん初めてだ。夏樹は大きく息を吐くと、しきりに首を振った。

「なるほど、御所の闇にはいろんなものがひそんでいるんだな」

「御所の闇にひそんでるのではなくて、わたしの周りにひそんでいるのですよ」

ほどなく、火の玉は闇の彼方から染み出すように再び現れた。

妻戸のあたりまで漂ってき、戸に当たる寸前でぽとりと床に落ちる。次の瞬間、そこには黒と紅の装束をまとった女童が立っていた。

女童は両手を前に差し出していた。その手には、赤黒く大きな肉塊が載っている。にじみでる血は、女童の華奢《きやしや》な指を濡《ぬ》らしていた。

ご注文通りの、新鮮な、血のしたたる獣肉だ。

「水無月、ごくろう」

一条は女童の労をねぎらい、肉塊を受け取る。血腥《ちなまぐさ》さに顔をしかめているのは夏樹だけだった。

「その肉、どこから盗《と》ってきたんだよ。まさか……」

「水無月は、命じられてもいないのに無用な殺生《せつしよう》はしませんよ。これはどこぞの厨《くりや》から調達してきたんでしょう」

一条が手を振って合図すると、水無月は一礼して立ち去っていった。今度は火の玉にはならず、パタパタと足音を響かせて消える。

一条は祭壇からカラの器を取ってくると、それに肉塊を盛りつけ、部屋のほぼ中央の床に置いた。

指についた血は、手首を強く振って飛ばしてしまう。

それでも、爪の先に少しばかり赤が残った。一条は指を口もとに持っていくと、ぺろりと舌で拭いとる。

見ていた夏樹の背すじを、ぞくっと悪寒が走ったが、それはけして嫌なものではなかった。

「さて……あなたが目撃したのは馬頭鬼でしたね」

「ああ」

雰囲気に飲まれそうな自分を叱りつつ、夏樹は短く答える。一条は浅くうなずいた。

「馬の頭をした馬頭鬼と、牛の頭をした牛頭鬼《ごずき》は、普通、地獄で罪人を懲らしめる獄卒《ごくそつ》です。彼らは歓待されるのが大好きなんですよ。よっぽど地獄でろくなものを食べてないんでしょうね。そこをうまくついて、馬頭鬼・牛頭鬼のために馳走《ちそう》を用意し、地獄行きを免除してもらおうとした女の話、聞いたことがあるでしょう？」

「ああ。でも、あれはおとぎ話だ。あんなにうまくいくはずが……」

「ともかく、やってみましょう。わたしは祭壇に向かって祈禱をしていますから、あなたはどこか近くに隠れていてください」

「また隠れるのか？」

「わたしが一心に祈禱しているふりをすれば、馬頭鬼も油断するでしょう。けれど、もしかしてやつは、すきをみてわたしを襲おうとするかもしれない。そのときには、その太刀で鬼を斬り伏せてもらいたいんです」

「鬼を」

夏樹は反射的に、腰の太刀に手を置いた。名刀なれど、果たしてこれにそんな技ができるだろうかと不安になる。

「もちろん、斬り殺してしまえば、なんのために御所を徘徊《はいかい》するのか聞き出せなくなります。ですから、ぎりぎりまで様子を見て、わたしが合図するまでは絶対に飛び出さないでほしいんです」

要するに、餌でおびき寄せ、一条自身を囮《おとり》にして馬頭鬼を捕まえようというのだ。

「そんなにうまくいくかな」

「招き寄せるだけなら、自信はあります。あなたにはそれから先を頼みたいんです」

一条の瞳がじっと夏樹を凝視する。

「くれぐれも、早く飛び出しすぎて、馬頭鬼を取り逃がさないよう願いますよ」

一条の瞳は淡い琥珀色《こはくいろ》をしていた。その中には同系色のかけらが散らばっていて、きらきら光っている。奇妙な感覚を誘うきれいさだ。

一条は魔術めいた視線で、夏樹を屈服させようとしているかのようだった。

夏樹は横を向き、その視線から逃れたが、それでも答えはひとつしかなかった。

「……わかった」

ここまで来て、彼に他の返事ができるはずがなかった。


「高天原《たかまのはら》ニ神留《かむづま》リ坐《ま》ス　神漏岐《かむろぎ》神漏美《かむろみ》ノ命《みこと》以チテ……」

祭壇の前に座った一条が、厳かに祝詞《のりと》を暗唱する。

夏樹は隣の納戸代わりにされている塗籠《ぬりごめ》にひそんでいた。

境の妻戸をほんの少しだけ開けて、周囲にくまなく目を向ける。いまのところ、なんの気配もないが、相手は妖物《ようぶつ》、いつどんなところから現れるのか予想もつかない。

太刀の柄《つか》を握る手が、じっとりと汗ばんできた。ひとつの姿勢をずっととり続けていると、緊張のあまり、脚がつりそうになる。そんなことになっては万が一のとき役に立たないので、ときどき、そろそろと姿勢を変える。

しかし、待てど暮らせど、馬頭鬼は現れない。

こうなると、緊張もあまり長くは持続できない。まして、昨夜ろくに眠っていないツケが、いまごろまわってきたようだ。単調な祝詞の響きも、眠気に拍車をかける。

眠ってはいけない、緊張を解いてはいけない——

そうは思うが、身体は言うことをきかない。いつのまにか、夏樹は妻戸にもたれかかって、しばし意識を失っていた。

しかし、不自然な体勢のせいか、浅い眠りからすぐに目が覚めてしまう。朦朧《もうろう》とする頭を強く振り、いまの間に異常はなかったかどうか、隣を覗き見る。

祭壇の前に座る一条に、変わったところはないようだ。

夏樹はホッとして、周囲に目を転じた。

器に盛った生肉も、そのまま。何もかもがそのままだ。いっそこのまま、何事も起こらなければいいのに、と願ってしまう。

夏樹はこわばった首筋をほぐし、脚を組み替えようとした。が、そのとき——どこからか漂ってきた異臭が彼の鼻を刺激する。

自分の臭いではない。一条のものでもない。もっと動物的な臭いだ。

どうやら願いは通じなかったらしい。

夏樹はさっと緊張を取り戻した。妻戸の隙間に顔を押しつけ、刀の柄に手を掛ける。

空気が熱気をはらんでいた。さっきとは全然違う。

なのに、一条にはわからないのか、ひたすら祝詞を唱え続けている。

異臭が濃くなった。ふと、奥と廂《ひさし》の間《ま》とを仕切る御簾《みす》に、不気味な影が映る。人とは違う、異形《いぎょう》の影だ。

夏樹の背中を、汗がひとすじ流れる。

（来た……！）

御簾がふわりと揺らぎ、悪夢が具象化したような姿が現れる。

馬そのものの頭に、筋骨たくましい人間の身体。腰布一枚と少しばかりの装身具を身に着けているだけ。

まさしく、昨夜、夏樹が目撃したのと同じ異形の鬼だ。一条の言ったとおりに、鬼はやってきたのだ。

馬頭鬼は荒い息を吐きながら、静かに部屋へ入ってくる。ぎらぎら輝く目がみつめているのは、水無月が用意した生肉だ。

皿の前に片膝をつくと、馬頭鬼は両手で肉を鷲《わし》づかみにした。きつく握られて肉から染み出した血が、馬頭鬼の太い腕を伝って流れ落ちていく。

ためらいもなく、馬頭鬼は肉にかぶりつく。よほど飢えていたのか、ガツガツ、ピチャピチャ、といった音とともに、大きかった肉塊はたちまち馬頭鬼に食いつくされてしまった。

（ほんとに食いつくなんて……）

まさか、こんな単純な罠《わな》にこんなに簡単にはまるとは、夏樹も思っていなかった。

こんなことなら、あの肉にしびれ薬でも塗っておけばよかったのに、といまさらながら後悔する。

一条は振り返りもしない。馬頭鬼がそこまで来ているのを、よもや知らないわけではあるまいに、無心に祈禱を続けている。

馬頭鬼は肉塊を瞬《また》く間にたいらげると、ぎらつく目を一条に向けた。

ざりっと一歩、馬頭鬼は一条に近づく。塗籠から見ていた夏樹は、ハッと息を飲んだ。

馬頭鬼の口もとは生々しく血で汚れている。鋭い爪を持った手にも、同じ血がついている。馬頭鬼はその手を伸ばし、一条の背後に歩み寄る。

夏樹は歯を食いしばり、刀の柄をきつく握りしめた。その指先は微かに震えている。

馬頭鬼のなまぐさい息がここまで届いてきそうだ。恐ろしいが、一条を見捨てて逃げ出すことはできない。

あと二、三歩も踏みこめば、馬頭鬼の手は一条に触れるだろう。そうさせてはいけない——

夏樹は妻戸を蹴り開けた。同時に刀を鞘から払う。

馬頭鬼が振り返って、突然飛び出してきた邪魔者を睨《にら》みつけた。

歯をむき出し、夏樹を威嚇するように吠《ほ》える。まさに地獄の底から聞こえてくるような、不気味な声だ。

夏樹も負けずに叫びながら、太刀を大上段に振りかぶった。決めるなら一撃で、頭に浮かぶのはそれだけだ。

馬頭鬼は夏樹につかみかかろうと太い手を伸ばした。この手なら、頭蓋骨を簡単にも握り潰してしまえるだろう。

白銀の太刀が先か、馬頭鬼の鋭い爪が先か。

が、そのどちらよりも早く、耳を聾《ろう》さんばかりの大音声《だいおんじょう》が両者の間に響き渡った。

「この大馬鹿野郎！」

夏樹は太刀を構えたまま、立ち止まる。馬頭鬼も凍りついたように動きを止めた。

そこへ、祭壇を背に仁王立ちした一条の罵声が容赦なく浴びせられる。

「飛び出すなと言っただろうが！　聞いてなかったとは言わせんぞ‼」

一条の声は鞭打《むちう》たんばかりの勢いで、夏樹を責めたてた。

「だが、しかし……」

なんとか反論を試みたが、

「問答無用だ！　そこの馬、おまえもだ！」

より苛烈《かれつ》に怒鳴られただけでなく、その矛先は馬頭鬼にまで向けられた。

夏樹と馬頭鬼はすっかり圧倒されて、肩を並べて後ろの壁までずりさがった。それでも一条は怒鳴り続けている。

花も欺《あざむ》く美少年が激怒すると、これほどまでに怖いものだとは……。

罵倒は、しかし、唐突に終わった。一条が満足したからではない。梨壺の外から誰かが声をかけたからだ。

「一条、何を騒いでいるんだ？」

一条の表情が劇的に変わる。

「保憲《やすのり》さま！」

賀茂の権博士のことだと、夏樹にもすぐわかった。

外から聞こえる権博士の声はのんびりとして、中での異常事態に気づいたふうではなさそうだ。

「忘れ物をしたらしいんだ。ちょっと失礼するよ」

権博士の気配が動く。階《きざはし》を昇る足音が聞こえる。

一条は瞬時に心を決めたらしい。呆然とする夏樹と、それから馬頭鬼をひっつかみ、双方を塗籠に力いっぱい押しこめた。

夏樹が抵抗して塗籠から這い出ようとすると、一条は思いっきり蹴飛ばす。

「そこから出てきたら承知しないからな！」

圧《お》し殺した声でささやかれ、妻戸はバンッと閉められた。

しん……となったのと、賀茂の権博士が部屋にあがりこんできたのとは、ほぼ同時だったらしい。

「ああ、ここだ。ちょっと、どいておくれ」

妻戸越しに、権博士の声が聞こえる。

「なにやら騒がしかったようだが、どうかしたのか?」

「いえ、喉の調子が少しおかしかったものですから」

「それはいけない。夜通し祈禱するのがつらければ、わたしが代わりに続けても……」

「いえ、それには及びませんです」

真っ暗な塗籠の中で、夏樹はそんな会話を聞きながら、瞬《まばた》きを繰り返していた。彼にはまだ状況がよくわかっていなかったのだ。

確かに、一条は合図があるまで飛び出してくるなと口を酸っぱくして命じていた。だが、まさかあんなに怒鳴られるとは……。

塗籠の中は狭い。そこに馬頭鬼といっしょに押しこめられたことを、夏樹はしばらくしてからやっと思い出した。

押し寄せる恐怖に、まともな考えができなくなっていたのかもしれない。

馬頭鬼の息遣いをすぐ近くに感じる。それもそのはず、夏樹の肩にくっつかんばかりのところに馬頭鬼の厚い胸板があるのだ。

頼りの太刀は、一条に蹴られたときに手を離れてしまった。探そうにも、この暗闇ではどこに転がっているかわからない。

大量の汗が全身を濡らす。馬頭鬼がその気になれば、いまの夏樹を引き裂くことなど簡単にできてしまうはずだが——

高まる緊張感に気を失いそうになりかけ、必死で意識を保とうとしていると、急に塗籠の中が明るくなった。妻戸が開いたのだ。

「出てきていいぞ。権博士は帰ったから」

一条に言われるのを待つまでもなく、夏樹は塗籠から飛び出した。

「妻戸を閉めろ！」

そう怒鳴ったが、一条はキョトンとしている。

その間に、真っ暗な塗籠の中から馬頭鬼がぬっと顔を出した。燃える瞳が夏樹を睨んでいる。

「あのう、これ……」

突然、おどおどとした、気の弱そうな声で馬頭鬼は夏樹に話しかけた。

「落としましたよ」

馬頭鬼は抜き身の太刀を手にしていた。

夏樹は愕然とする。あれを持っていたのなら、塗籠にいたとき、夏樹の首をとることも可能だったのに。

「驚いただろう。すまなかったな」

一条が代わりに刀を受け取り、夏樹にそれを投げてよこす。刀はカンッと音をたてて祭壇に突きささった。

「だから、言っただろ。合図するまで飛び出すなって」

一条は腕組みしてそう言い放ち、馬頭鬼は照れたようにたてがみを掻《か》いている。こんな構図をどうして夏樹に想像できただろうか。

「まさか、知って……⁉」

気色《けしき》ばむ夏樹に、一条は鼻で笑ってみせる。

「物の怪だからって悪いものばかりじゃないはずだ、そう言ったのはそっちだろ」

「そりゃ確かにそう言った覚えはあるがな、わかっていたなら教えてくれればいいじゃないか！」

「確証はなかったんだよ。ただ、ご馳走の大好きな馬頭鬼にしては、梨壺の女房は食われていなかったからな」

「わたしは人間は食べませんよ」

と、馬頭鬼が不満そうに言う。

「でも、安心させておいて、実は凶暴な鬼でしたっていうより、気構えをちゃんとさせておいたほうがよかっただろ？」

一条は勝手な言い分をいけしゃあしゃあと述べる。夏樹は無言で立ち上がると、彼の胸ぐらを両手で鷲づかみにした。

「あのなあ！」

「なんだよ」

恐怖心が大きかったぶん、夏樹の怒りは激しかった。だが、一条もひるまない。

火花を散らすふたりの間に割って入ったのは、なんと馬頭鬼だった。

「落ち着いてください、落ち着いてくださいな、おふたりさん」

一条や夏樹を一撃で殺せそうな太い腕で、ふたりの肩をポンポンと叩《たた》く。夏樹はぞっとして馬頭鬼の言うとおりに一条を解放した。

この恐ろしげな鬼がおだやかな物言いをするのが、どうもまだ信じられない。

一条は乱れた着衣を直そうとはしなかった。何を思ったか、冠《かんむり》を脱ぎ捨て、結った髪を面倒そうにほどいてしまう。

長い髪が肩の上にはらりと散り、夏樹が初めて見たときと同じ、しどけなく乱れた姿となった。しかし、宮中でこんな恰好になるのは非常識以外のなにものでもない。

「おいおい」

あっけにとられる夏樹を無視して、一条は馬頭鬼を睨みつけた。

「おい、馬頭鬼」

ドスのきいた声に、馬頭鬼がびくっと震える。その反応に、一条は満足そうにニヤリと笑った。

「さてと、そろそろ聞かせてもらおうか。冥府《めいふ》の獄卒が、なんでまた、こんなところをうろついているのかをな」

あの、礼儀正しく、落ち着きはらった陰陽生はここにはいない。

馬頭鬼を尋問するのは、まるで町の悪ガキのような、それでいて少女のように美しい不思議な少年だった。

第四章　冥府《めいふ》への帰還

馬頭鬼《めずき》は肩を落とし、ぽつりぽつりと話を始めた。

「御覧のとおり、わたしは鬼です。冥府の閻羅王《えんらおう》のもと、罪人を責める獄卒《ごくそつ》をやっております」

「ちょっと待った」

夏樹は祭壇から形見の刀を引き抜いて腰に収めると、床にあぐらをかいた。

「どうぞ、続けて」

と、一条が馬頭鬼を促す。唯一の円座《わろうだ》は、彼がちゃっかり尻に敷いていた。

馬頭鬼は夏樹と一条の顔を交互にみつめてから、話を再開させる。

「他にも、寿命の尽きた人間を冥府に引っぱってくる役を担っておりまして……鬼にしては気が弱いのが欠点と言われておりましたが、仕事はそつなくこなしておりましたよ」

馬頭鬼はふうっとため息をつく。

「仕事の憂さは、賽《さい》の河原《かわら》で水子たちと遊ぶことで晴らしておりましたからねえ。子供が好きで、むこうもよくなついてくれました」

花咲く賽の河原で、「あはは」「うふふ」と笑いながら馬頭鬼と戯れる水子たち――夏樹の頭の中で、『鬼』の像がガラガラと崩れていく。しかし、馬頭鬼の言葉に嘘《うそ》はないようだし、一条も真面目《まじめ》に聞き入っている。

「まあ、そこが今回のことを招いたんですけどねえ。わたしのせいじゃないんですけどね、同僚の牛頭鬼《ごずき》が冥府に連れてくる魂をひとつ逃しちゃいましてねえ。生まれて間もない赤子の魂だったらしいんですよ。その牛頭鬼が、わたしと違って顔は怖いし気性は荒い、それで赤子が怖がって逃げちゃったらしいんですよねえ」

顔の怖さはおまえも同じだろ、と言いたいのを夏樹はぐっとこらえる。

「それで、子供の扱いに慣れているわたしに、逃げた魂を捕まえるよう命が下ったんです。牛頭鬼の尻拭いですよ。もっとも、この件に関しては現世にとどめようとする別の力だって働いていましたから、あいつには最初から荷の重い仕事だったわけですけどね」

「この世にとどめようとする力?」

一条が繰り返すと、馬頭鬼は重々しくうなずいた。

「そりゃあ、小さな子供に先立たれてつらくないはずがないでしょう。生き返ってほしい、死んだなんて嘘であってほしい、そう思う力の強烈さたるや、すごいものがありますよ。その思いが強ければ強いほど、魂をこの世に引き戻す力も強くなるんですわ」

黙って聞いていた夏樹の脳裏に、ふと閃《ひらめ》くものがあった。彼は勢いこんで馬頭鬼に尋ねる。

「それで？　その魂を追って、御所に忍びこんだわけか？」

「ええ。昨晩、もう少しというところまで追いこんだんですけど、周りがなんだか騒がしくなったもんで逃がしてしまったんですよ。仕方がないから、また夜になるまでと思って、ここの軒下にひそんでおりました。しかし、腹が減って動けなくなって、そうしたら新鮮な肉のいい匂いがして……」

「なんでまた、その赤子は御所に逃げこんだんだよ」

「それはやっぱり、親を慕ってそのそばに行こうとしたんでしょう」

「まさか、その赤子って」

夏樹の訊《き》きたいことを一条が先回りして尋ねる。

「梨壺《なしつぼ》の皇子《みこ》か？」

「さあ……名前はなんていいましたかねえ。わたしが知っているのは、この殿舎に住んでいた女人《にょにん》が産んだ男の子だという……」

「それが梨壺の皇子なんだよっ！」

夏樹が叫ぶといっしょに、一条が馬頭鬼の頭をガツンと殴った。

「ひ……ひどいっ」

馬頭鬼は目をうるませて抗議したが、一条は聞く耳を持たなかった。

「そろいもそろって馬鹿ばっかりだ！」

「ちょっと待て。その馬鹿にはぼくも含まれているのか？」

「言わずもがなだろ」

「なんだと？」

夏樹がくってかかると、返ってきた言葉は、「わかっているなら訊くな」だった。

「なにを！」

堪忍袋の緒をぶち切って、夏樹は一条に飛びかかった。きれいな顔を拳で殴るのは気がひけたので、平手で思いきり頰をぶつ。

「やったな！」

一条も負けずに、膝で夏樹の腹を蹴りあげる。夏樹がひるんだところを狙って体勢を変え、一条がのしかかる。

が、夏樹も頭突きを一条の顎にお見舞いする。今度は遠慮なく拳も使う。

その拳が一条の顔面に見事に入ると、夏樹は壮快な気分になった。しかし、すぐさま、お返しとばかりに一条の爪が夏樹の頰をひっかく。

「やめてください、やめてくださいよお」

馬頭鬼はたくましい両腕を広げて仁王立ちになり、大きな目から涙をはらはらとこぼしながら言った。

「いけません、暴力は反対です。わたしたちは殴り合うのではなく、話し合うべきなのです！」

非暴力を訴える地獄の鬼に毒気を抜かれたか、夏樹の拳はスカッとはずれ、一条の拳も同じように大きく的をはずす。その拍子に、ふたりの頭ががつんとぶつかり合った。ともに同じように頭を押さえ、同じように苦痛にうめく。痛みがひいて、顔を見合わせたのも同時だった。

とたんに、ふたりの口から豪快な笑いが迸《ほとばし》る。

馬頭鬼は目をパチクリさせてふたりを見ている。笑いの発作はなかなか止まらない。ようやく、夏樹のほうが先に笑いやんだ。

「やれやれ、おまえ、とんでもない猫かぶりだったんだな」

「おとなしくしていないと師匠がうるさいからな」

「賀茂《かも》の権博士《ごんのはかせ》がか」

「ああ、祭壇の下に水晶の数珠《じゅず》を置き忘れたとかなんとか言ってたけど、様子を見るためにわざと忘れてったんじゃないのかね。信用してないんだか、勘づいていたのか……。

まったく、口うるさい師匠だよ」

一条はいまいましそうに舌打ちをし、長い髪を後ろにかきやる。

この乱暴な口調にもだいぶ慣れてきた。夏樹も周防《すおう》にいるときは、こんな口のききかたをする町の子供らとよく遊んでいたものだ。むしろ、こっちのほうがずっと気が楽だった。

すっかり打ち解けた様子のふたりを前にして、馬頭鬼は不思議そうに首を振った。

「人間ってわかりませんわ……」

「うるさい、馬頭鬼。おまえにわかってたまるか」

一条に言われて、馬頭鬼はムッとした顔を作った。

「馬頭鬼じゃありません、あおえという名前があります」

「あおえ……?」

夏樹が復唱すると、一条はプッと噴き出した。

「似合わないっ」

夏樹もいっしょになって笑う。

「か、かわいらしすぎるっ」

再び腹を抱えて笑い出すふたりに、馬頭鬼のあおえは耳を盛んに震わせ怒ってみせた。

「おかしくありません！　この美しい青い目にちなんでつけられた名前です！」

「美しい青い目!!」

ふたりは同時に叫び、同時にひっくり返って爆笑した。緊張が解かれた反動もあって、そのまま笑い死にしそうな勢いだった。

「ったくもう……」

あおえはすっかり拗《す》ねて、そっぽを向いてしまった。

「ああ、悪かった、悪かった」

やっと笑いおさめた一条が、あおえをなだめにかかった。

「大切なお務めを果たしにここまでやってきたのに、うまくいかなくて、さぞ心細い思いをしたんだろう。それは気の毒だったな。だけど、あともうひとつ、とても大事なことを訊いておきたいんだ」

一条はあおえの肩を抱き、顔を寄せてささやいた。

「梨壺の女房を惨殺したのは――」

みなまで言わせず、あおえが遮った。

「わたしじゃありません!」

耳の先までピンとこわばらせ、真っ青になって首を力いっぱい左右に振る。大きな歯をがちがちと鳴らし、あおえは全身で容疑を否定した。

「わたしは殺してなんかいやしません!」

「じゃあ、誰が殺したんだよ」

「知りませんよ！」

あおえは一条の手を振り払い、彼から逃れようとした。それを、背後から夏樹がはがいじめにする。

「違うのなら逃げることもないだろう？」

「だって……だって……」

あおえはろくな抵抗もせず、その場にずるずるとへたりこんだ。美しい濃い青と自称するが平凡な黒にしか見えない目に、じわっと涙が浮かぶ。

「わたしだって怖かったんですよお」

今度は楚々《そそ》とした乙女のごとく涙するあおえに、夏樹は心底呆《あき》れ返ってしまった。すぐに放してやったが、それでもまだ、めそめそと泣いている。まったく、冥府の獄卒とはとても思えない。

「こんな気弱な鬼にあんなこと、到底できそうもない気がするんだが……」

夏樹の言葉に一条もうなずき返す。

「うまいこと、こいつのせいにしようとした、人間の仕業《しわざ》ってとこか」

「しかし、なんでまた……」

「怨恨、復讐《ふくしゅう》、痴情のもつれに金銭がらみと、なんでもありだよ。御所の闇に何がひそもうと、全然驚きはしないね」

一条は投げやりな笑い声を洩《も》らすと、あおえの肩を軽く叩《たた》いた。

「とにかく、梨壺の女房のことはひとまずおいて。馬頭鬼がいつまでもこんなところにいていいはずがない。聞けば気の毒な話でもあるし、これは魂の回収に力を貸すべきだと思う」

「あ、ありがとうございます」

「おいおい、そんなことが簡単にできるのか？」

夏樹が心配そうに訊くと、一条は眉間《みけん》に皺《しわ》を寄せて考えこんだ。

「そうだな……馬頭鬼を引き寄せるためには生肉が必要だった。さて、赤子を引き寄せるには何がいちばんいいかな」

「母親でしょうねえ」と、あおえ。

「ふん、やっぱりそうだよな」

夏樹がふと気づくと、一条の目がまっすぐ自分に向けられていた。値踏みするような、なにやら怪しげな視線だ。

「ところがだ、その赤子はこの男のところに一度現れているんだよ。どう思う、あおえ」

「ああ、それはこういうことですよ」

あおえは濡《ぬ》れた鼻面《はなづら》をぴくぴく動かしつつ、夏樹に近寄ってきた。

「これこれ」

そう言うと、許しもなく夏樹の懐に手をつっこむ。あおえがそこから取り出したのは深雪《みゆき》の書いた文《ふみ》だった。

あおえは盛大に鼻を鳴らしながら、その文の匂いを嗅ぐ。

「この匂い……この殿舎に住んでる女人と、すごくよく似た香を使ってますね。たぶん、これを慕ってそばに現れたんじゃないんですか？」

一条はニヤニヤと笑っている。

「色っぽい文だねえ」

「そんなんじゃない、いとこが乳母《めのと》に宛てた文だよ」

夏樹はあおえから文をひったくると、懐の奥深くにしまいなおした。

「じゃあ、これで決定だな。餌の母親役は右近《うこん》の将監《じょう》どのにやってもらおう」

一条の提案にあおえが拍手し、夏樹はとまどう。

「なんだよ、餌の母親役って」

「赤子に母親と間違えてもらわなきゃならないんだぞ。女の恰好《かっこう》でもしてもらうのが常套《じょうとう》だろう」

「なんで、その役をやるのがぼくなんだよ」

「わたしのこの体格で女装が似合うと思います？」

「おれには、祝詞《のりと》を唱えて物《もの》の怪《け》の寄ってきやすい雰囲気を作るという重要な役目がある」

「おまえらなあ!!」

「そういう訳で、あおえ、そこらへんの唐櫃《からびつ》開けて、適当な衣装みつくろってくれ」

「はいはい」

　夏樹は真っ赤になって怒ったが、一条とあおえはまるっきり知らん顔で準備を進める。それでも、動きにくいのなんのと強硬に主張して、本格的な女装は勘弁してもらった。代わりに、冠《かんむり》をとって、大きめの打衣《うちぎぬ》を頭から被《かぶ》り、後ろから見たら女かもしれない、といった状態をつくりあげる。

　かくして、一条は再び祭壇の前に座して祝詞をあげ始めた。今回、塗籠《ぬりごめ》に身をひそめるのはあおえで、夏樹は餌の役だ。

　器に盛った肉を置いていたのと同じ位置に座り、打衣を引き被る。まさか、あおえに食べられてしまった肉塊のような末路をたどりはしないだろうが、けして気持ちのいいものではない。

（あおえには悪いが、こんな罠《わな》、引っかかってくれないほうがいいな……）

　夏樹としては、赤子が自分のところに現れたのは単なる偶然だと思いたい。あれが偶然なら、いま、女装して待ち構えたところで赤子はやってこないはずだ。

そのほうがいい。なぜなら――

侍従《じじゅう》の君《きみ》を殺したのは、鬼の仕業に見せかけようとした誰かだと一条は言った。

(だが、もうひとつ、考えられることがあるんじゃないか?)

動機はわからない。だけど、赤子の霊が侍従の君を死に至らしめた可能性だって、なくはない……。

夏樹はぶるっと身を震わせた。

努力しなくても、侍従の君の無惨な姿を脳裏に思い描くことはできる。それこそ、ぎざぎざに裂けた喉の細部まで。まるで、獣に喰《く》いちぎられたような、あの傷。

あんな傷を負わせられる相手とは、一体誰なのだろう。本当に、生きた人間なのだろうか。自分はいま、とんでもなく危険な賭けに出ようとしているのではないのか。

夏樹は不吉なその考えを頭からしめだそうとした。いくらなんでも、そんな危ないことを一条がさせるはずがない、と。

(そう信じていいんだよな……)

心の中でそうつぶやきつつ、一条の背中をじっとみつめる。祝詞の言葉を聞き取ろうとするが、単語ぐらいしかわからない。

一条の紡ぎ出す単調な調べは、一種異様な雰囲気を漂わせる。物の怪を寄ってきやすくするためと言っていたが、確かにそういう効果もありそうだ。

祝詞の調べはまた別の影響を夏樹に及ぼした。こんな状態だというのに、頭が朦朧《もうろう》としてくるのだ。

さっき、塗籠にひそんでいたときも、この祝詞を聞いているうちに睡魔に捕らわれてしまった。いままた同じように、まぶたが重くなってくる。

どうやら、祝詞の調べと夏樹の睡魔とはとても相性がいいらしい。

何度もあくびを嚙《か》み殺し、手の甲をつねって眠気と戦う。眠っている場合じゃない、と心の中で繰り返すが、それでも、ふっと意識の遠のくときがある。

突然、がくんと首が前のめりになる。どうやら、一瞬だけ眠りに落ちていたらしい。

（まずいな……）

気持ちを引きしめようと、夏樹は背すじを伸ばし、きちんと座り直した。引き被っていた打衣がずれそうになったので、それも直そうとする。

が――そのときになって、夏樹は初めて、打衣が妙に重いことに気づいた。

（えっ？）

打衣の裾を、誰かが引っぱっているのだ。

考えるより先に夏樹は振り返り、淡い色合いの打衣の上に、墨を落としたような黒い影が乗っているのを目撃した。

その小さな黒い影は、全身を波打たせて荒い息を吐いていた。

はあはあはあ

はああ　はああ　はあ

影が夏樹に向かって手を伸ばす。小さなてのひら、小さな指。だが、愛らしいはずのそれは、かさかさに乾き、茶褐色に変じている。

つぶらなはずの瞳は、もはや暗い炎を灯《とも》した深淵《しんえん》にしか見えない。

眠気はもはや、跡形もなく吹き飛んでいる。だが、夏樹は身動きすることも忘れ、ただひたすら赤子の暗い瞳に見入っていた。

そのころ、深雪は弘徽殿《こきでん》の一角で大袿《おおうちぎ》にくるまって寝入っていた。

最初こそ、やすらかだった眠りも、どこか遠くから聞こえてくる声のせいで次第、次第に様相を変えていった。

(赤子の泣き声……?)

その泣き声は、まるで母親を探し求めているかのように哀切に響いた。

深雪は苦しげに左右に首を振った。

(いやだわ。あんなことがあったせいで、こんな夢……)

本当に聞こえているのではなく、夢なのだと深雪は思った。梨壺の更衣《こうい》の奇妙な振る舞いが、頭のどこかに強く残っているせいだ、と。

いつしか、赤子の泣き声はしなくなり、代わりに自分の女房名を呼ぶ声がすぐ耳もとで聞こえてきた。

「伊勢《いせ》の君《きみ》、伊勢の君」

これも夢だと思い、無視しようとしたが、声の主は深雪以上にしつこかった。

「伊勢の君、起きてくださいまし」

あまりはっきりと聞こえるので、さすがにこれは夢ではないと、やっと理解する。

寝ぼけ眼《まなこ》をこすりつつ起き上がり、敷物の傍らに屈《かが》みこんでいる人物と顔を合わせる。てっきり同僚の女房だと思っていたから、そうでないと知って深雪は本気で驚いてしまった。

「筑前《ちくぜん》の……」

筑前は、しっと口の前に指を立てた。周囲を見回し、他に目覚めた者はいないかをしきりに確認する。

梨壺の女房たちがやってきたので、弘徽殿の若い女房は自分たちの部屋を客に明け渡していた。そのため、廂《ひさし》の間《ま》に几帳《きちょう》を立て、即席の寝所を作って寝ていたのだ。

「どうか、なさったんですか？」

深雪も筑前につられて小さな声で話しかける。

「伊勢の君、申し訳ありません。けれど、他におすがりする人もなくて……」

筑前はわなわなと震えていた。いまにも泣き出しそうなのを必死で堪《こら》えている様子が、声からも感じられる。

「いったい、何が？」

「更衣さまが……いらっしゃらないのです。物音に気づいて、わたくしが目を覚ますと、寝所はもぬけのからで」

「そんな」

深雪はさっと立ち上がったが、筑前にすがりつかれ、それ以上の身動きができなくなった。

「どちらへ行かれるのです」

「だって、更衣さまを探さないと。小宰相《こさいしょう》の君《きみ》に知らせて、女房たちも起こして……」

「いけません、それだけはいけませんわ」

筑前は激しく首を振って、深雪を引き止めた。

「更衣さまはほんのいっとき、取り乱していらっしゃるだけです。けれど、それでは納得しない者もおりましょう。そんな者にあのお言葉をうっかり聞かれたりしては、更衣さまのお立場が悪くなるばかりです」

確かに、筑前の言うことには一理も二理もあった。

いまの更衣は普通の状態ではない。あの言葉――呪詛《じゅそ》の件をまた下手《へた》に口走られたら、大変なことになりかねない。

「わかりましたわ。わたくしたちだけで探しにまいりましょう」

「ああ、ありがとうございます」

筑前はむせび泣きながら、やっと深雪から離れてくれた。梨壺の女房として、なにがなんでも更衣の名誉を守ろうとしているのだろう。

袿を羽織ると、深雪は眠る同僚たちの間をそっと通り抜け、筑前とともに弘徽殿の外へと出た。

空には下弦《かげん》の月がかかっていたが、その光はいかにも弱々しい。かえって夜の深さを強調しているようだ。

月光よりも強く自身を押し包む暗闇、浅い春の冷たい風に、深雪の心は萎えそうになった。

だが、すっかり頼りきっている筑前を見捨てることはできない。

「それで、更衣さまはどちらへ行かれたんですか？」

「おそらくは、梨壺へ戻られたのだと思います」

「梨壺へ……」

さすがの深雪も身のうちに冷たいものが走るのを感じた。

梨壺では女房が鬼に殺されたばかり。しかも、ことのほかむごたらしい殺されかただったらしい。さらに、侍従の君を殺した鬼は、いまもこの御所の闇を跳梁《ちょうりょう》しているかもしれないのだ。

(鬼に殺された死体がどんなふうだったか見てみたいなんて言ったから、罰が当たったのかしら……)

怖《お》じ気《け》づく深雪を、筑前がせわしなく手招きする。よほど更衣の身が案じられるらしく、渡殿《わたどの》の先に降り立って、じれったそうに深雪を待っている。

「さあ、伊勢の君、早く」

深雪は腹の底から息を吐くと、キッと顔を上げ、深い闇を睨《にら》みつけた。

(怖くなんかないわ。隣のお化け邸《やしき》だって、なんともなかったじゃない)

そう自らに言い聞かせ、筑前のあとについて梨壺へ向かう。更衣の無事を祈りながら。

自分の無事も願いながら。

やがて、行く手にぼんやりと梨壺の殿舎が見えてきた。

もし、あそこに更衣が戻っているのなら、それこそ引きずってでも連れ帰らなくては。

たとえ、あの闇色の玉のような瞳をまた向けられても、今度はひるんではいけない。

その代わり、更衣がいなかったら、なんとか筑前を説き伏せて、他にも捜索の応援を頼むつもりでいた。

そのときはどう言って説得すべきかを考えあぐねていた深雪は、突然立ち止まった筑前の背中にぶつかってしまった。

「筑前の君？」

いぶかしげに声をかける。が、筑前は答えない。周りを見回すが、更衣の姿をみつけたわけでもなさそうだ。

「どうかなさったのですか？」

深雪は筑前の肩に触れようと手を伸ばした。指先が届く寸前、やっと筑前は振り返る。妙にこわばった、思い詰めた表情で。

その手には細い小太刀《こだち》が握られていた。

微《かす》かな月光を反射して、刃《やいば》がぎらぎら光っている。筑前の両眼も、同じような冷たい光を放っている。

護身用に持ち出したのではない。彼女の目には明確な殺意がある。それはまっすぐに深雪に向けられていた。

「筑前の君……！」

深雪は相手の名を呼ぶのが精いっぱいだった。恐怖と驚愕《きょうがく》でそれ以上は何もできない。

「伊勢の君、恨まないでくださいましね」

筑前の口調はとても静かだった。すでに意志を固め、ためらいを捨てている証拠だ。

「あなたはしょせん、弘徽殿側のお人。女御《にょうご》さまのために、更衣さまのあのお言葉を利用しようとされるに違いありませんわ。いまはその気はなくとも、更衣さまが再びご懐妊されたら、あなたはそうしようと思いつくかもしれない」

深雪はすぐさま首を横に振った。そんなことは絶対にやらない、と主張したつもりだったが、筑前の目には無駄なあがきとしか映らない。

「更衣さまは本当にお気の毒なおかた……そんなことにでもなったら、あのか弱いおかたはきっと耐えられますまい」

筑前は哀《かな》しげにつぶやいてから、その感情をも振り捨てるように薄く笑う。

「だけど、いまなら、あなたの死体がみつかっても、鬼の仕業ということになりますものね」

筑前の言うとおりだ。昨日の今日、梨壺の近くで死体がみつかれば、それが弘徽殿の女房だろうと関係なく、即、鬼に殺されたと見なされよう。疑問に思い、調べようとする者は皆無に近い。

小太刀をかざして、筑前が近づく。なのに、深雪は後退することもできずに立ち尽くしている。

助けを呼ぼうにも声が出ない。身を守るものすら何もない。

このまま、筑前の凶刃《きょうじん》が襲いかかるのを待っているしかないのか。侍従の君と同じになるのか。それはいやだ。それだけは。

深雪は震える脚に力を入れ、とにかく逃げようとした。なんとか、走らないと――

しかし、足は半歩も動いてくれない。

押し寄せる絶望感に気を失いそうになる。だが、ここで倒れれば、筑前はこれ幸いととどめを刺すだろう。

（誰か！）

深雪は心の中で助けを呼んだ。すると、それに応えるように、場違いなほど美しい声が闇の中から聞こえてきた。

「筑前？」

名を呼ばれ、筑前はビクッとして声のしたほうを振り向く。深雪も同じ方向へ視線を向けた。

御所の闇を背景にして、そこに立っていたのは梨壺の更衣だった。

「更衣さま……！」

一転して、筑前は小太刀を取り落としそうになるほど驚いた。

その驚きようからすると、更衣が寝所を抜け出したというのは筑前の嘘だったのか。

だが、その嘘がいまは真実《まこと》になってしまった。

更衣は無表情に、筑前と深雪をみつめている。

「筑前は、どうしてその女房を殺そうとするの？」

更衣の口調はあどけないと言ってもいいほどかわいらしく、本当に疑問に思っているように聞こえた。

「知られてはいけないことでも知られてしまったの？」

「更衣さま、わたくしは更衣さまのために」

弁明しようとする筑前に向かって、更衣は急に微笑《ほほえ》んでみせた。暗がりに白い花がぽっと咲いたような微笑みだ。

「わたくしの皇子を呪ったのは……おまえだったの？」

美しい声にひそむ不気味な響きを感じ取って、深雪は戦慄した。筑前も同じように小刻みに震える。

「命じたのは承香殿《しようきようでん》の女御さま？　それとも、藤壺《ふじつぼ》の？　その女房に現場を見られて、口封じをしようとしていたの？」

「更衣さま！」

筑前は更衣に走り寄ってすがりつくと、涙ながらに無実を訴えた。

「誤解でございます。あんまりな誤解でございます。わたくしは呪詛など、いえ、そもそも、呪詛などなかったのでございます、すべては更衣さまのお心が作り上げた――」

しかし、筑前の訴えは更衣の心を動かしはしなかった。小袿に顔をうずめてむせび泣く筑前を、更衣は冷めた目で見下ろしている。

そのとき、更衣の顔が変化したと思ったのは深雪の目の錯覚だったのか。

ほんの一瞬だったが、淡い月光のもと、更衣の口が突然裂け、鋭い牙が突き出したように見えた。

（そんな……!!）

確かめる間もなく、更衣はいきなり筑前の上に覆い被さった。深雪には筑前の後ろ姿と、その肩越しの更衣の黒髪しか見えなくなった。

すぐに更衣は顔を上げる。唇は裂けてなどいないし、牙もない。では、さきほどの凶相は深雪の見間違いだったのか。

だが、更衣のその唇は、紅《べに》ではなく、血でべっとりと汚れていた。

何が起こったのか、深雪は理解できずにいた。筑前の頭ががくんと後ろにのけぞるまでは。

驚愕の表情のまま凍りついた筑前の顔――そのすぐ下、喉が血でどす黒く染まっている。

半開きになった筑前の唇からも、血が溢《あふ》れてくる。ついに出せなかった悲鳴の代わりに、ごぼごぼと赤く細かい泡が口の端に生じていく。

筑前はそのまま、ゆっくりと仰向《あおむ》けに倒れていった。深雪はそれをただ見ているしかなかった。

筑前は侍従の君と同じく、喉を引き裂かれて死んでしまった。

(じゃあ……じゃあ……侍従の君を殺したのは……)

更衣は筑前の死体を無表情に見下ろしている。その立ち姿には鬼気迫るほどの美しさがあった。口の周りや装束に散った血すら、彼女を妖《あや》しく飾りたてている。

「あなたは弘徽殿の女房ね?」

更衣はにっこりと深雪に微笑みかけた。それだけで、深雪の全身に悪寒が走る。

「筑前と何を話していたの? もしかして、あなたも皇子を呪ったの? 弘徽殿の女御さまに頼まれたのかしら」

そう言いながら、更衣は深雪に向かって一歩踏み出した。地面に敷かれた死体の髪を、更衣の素足が踏みつける。

微笑んでいても目が笑っていない。その目には、すべての者がわが子を奪い去った憎い相手に見えるのだろうか。

深雪の頬をひとすじの涙が流れた。怖くて泣いているのか、筑前を、あるいは更衣を哀れんでの涙なのか、自分でもわからない。

更衣は深雪のすぐ目の前で立ち止まった。その手で優しく深雪の両頬を包みこむ。ひんやりと冷たい感触は、けして不快なものではなかった。

これでおしまい——あとに残るのは鬼に殺された女房の死体がふたつ。

そうなるものと深雪はもう信じこんでいた。不思議と、抗《あらが》う気も起きない。頭の芯が完全に痺《しび》れてしまい、何もかも諦めきって目を閉じる。更衣の牙を待ち受ける。

しかし、彼女の喉が喰い破られることはなかった。更衣の冷たい手もすっと離れていく。

驚いて目を開けると、更衣はもはや深雪を見ていなかった。なぜか、梨壺の殿舎を振り返っている。

「皇子が……」

小さく、更衣がつぶやく。

「わたくしの皇子が泣いている……」

その声と重なるようにして赤子の泣き声が微かに聞こえてきた。その泣き声は、確かに、祈禱《きとう》の陰陽師《おんみようじ》しかいないはずの梨壺から聞こえたのだ。

更衣は深雪のことなど忘れ果てたかのように、梨壺に向かって歩き出す。

「わたくしの皇子……」

と、その言葉自体を慈しむようにつぶやきながら。

深雪はしばし呆然《ぼうぜん》と、更衣の後ろ姿を見送っていた。が、ふいに自分が筑前の死体と取り残されていることに気づく。

深雪はとっさに両手で顔を覆い、死体から目を背けた。がたがたと震えながら、弘徽殿に戻って誰かを呼ばなければ、と思う。

実際に弘徽殿に向かいかけるが、なぜか深雪はすぐに立ち止まってしまった。

自分が本当にしたいのは弘徽殿に戻ることではない――

そうしなければとても危険だということぐらい、わかっていた。ここで判断を誤れば、せっかく拾った命を筑前のようにあっさりと落としかねない。

だが、深雪はためらった。

あの泣き声の意味を、どうしてもこの目で見届けたい。その誘惑はとても強かった。

そして、梨壺の更衣への憐憫《れんびん》の情も。

ふたりも人を殺した彼女の罪は重い。深雪自身がその三人目になる可能性もあったのだ。それでも、更衣を哀れと思う気持ちはなくならない。

(できることなら、更衣さまの罪を隠してさしあげたい。それこそ、鬼の仕業にしてしまいたい)

事実、鬼はいた。筑前の心にも、更衣の心にも、他人の死をもみ消したいと願う深雪の心にも。

理性はやめろと警告しているのに、自分でも理解できない力に引きずられるようにして、深雪は梨壺へと走り出していた。

赤子の泣き声が耳を打つ。赤子の片手は打衣の裾をしっかりとつかみ、もう一方の手は夏樹に差しのべられている。

乾ききった肌。光る眼《まなこ》。ミイラのようなその姿は、すでに生きたものではないという証《あか》しだ。

夏樹は生理的な嫌悪感に身震いした。馬頭鬼のあおえを見慣れた目にも、赤子のおぞましさはことのほか強烈に映った。

赤子ははあはあと口で息をしながら、じりじりと前に這《は》い進む。それでも、夏樹は動けなかった。

自分は餌だ。赤子をおびき寄せればそれで役目は終わる。あとは一条とあおえの管轄のはずだ。

そう思うのだが、一条の祝詞は何事もないかのように続いており、あおえが塗籠から飛び出してくる気配もない。

赤子はここまできているのに、彼らは気づいていないのだろうか。

だとすれば、自分はたったひとりで立ち向かわなければならないのか。

とうとう、前へ前へと這い進む赤子の全身が、打衣の上に乗った。その重みは、赤子の存在をはっきりと訴えかけていた。

これほど現実味があるのなら、夏樹に危害を及ぼすことも可能だろう。見た目が赤子だからといって、できないとは限らない。

夏樹は赤子をひたとみつめたまま、そろそろと指を動かした。もどかしくなるほどののろさでしか進まなかったけれど、指は確実に太刀へと伸びる。

赤子が夏樹に触れられるほど近づくのが先か。それとも、夏樹が太刀を抜くのが先か。息苦しいほどの緊張が夏樹を縛りあげる。それを打ち破ったのは夏樹ではなかった。

夏樹に向かって片手を差し出し這っていた赤子は、相手の緊張にやっと気づき、前進するのをやめた。

赤子の暗い洞窟《うろ》のような目に、感情の光が灯る。夏樹はそれを、とまどいと受け取った。

短い沈黙のあと、赤子はたちまち火がついたように泣き始めた。

　おわあ　おわあ

　おわあ　おわあ　ああ

声は大きいのに、涙は一滴も出ていない。ひからびた身体《からだ》にはそれだけの水分も残されていないのか。だからこそ不気味で、だからこそよけいに哀しげにも見えた。

そう――初めて夏樹の中に、恐怖心以外のものが芽生えたのだ。

彼自身、なぜ哀しげと感じたのか理解に苦しんだが、新しく生まれた気持ちは益々《ますます》深まるばかりだった。

赤子は切なげに泣き続けている。何かを求めるように、一心に。

夏樹はどうしていいのかわからなくなった。太刀を抜くべきなのか、それとも……。わからないまま、手を動かす。太刀へではなく、赤子に向かって。ためらいがちではあったが、夏樹は赤子の手を取ろうとしていた。

赤子もそれに気づき、しゃくりあげながら再びそろそろと手を差し出す。乾いた薄茶色の手を。

骨と皮ばかりの細い指と、夏樹の指が触れ合った。

乾いた皮膚の、ざらっとした感触が夏樹の指に当たる。そのまま、ぼろぼろに崩れ落ちてしまっても、おかしくはないようなもろさだ。

夏樹は手を引っこめようかと反射的に思った。本能的に、と言ってもいいだろう。同時に、薄れかけた嫌悪感が再びこみあげてくる。

夏樹の動揺を感じとったのか、赤子の泣き声が高くなった。

　おわあ　おわあ　おわあ……

細い指が、夏樹の指をしっかりと握りしめる。もう一方の手も打衣を離れ、夏樹へと向けられる。

なめらかな布地の上で、赤子の膝のこすれあう音がした。まるで紙の擦れ合うような、人間の肌のたてるものとはとても思えないような音だった。

夏樹は確かにそれを耳にした。だが、そんなことは、もうどうでもよくなっていた。生きていようが死んでいようが、この子は必死に夏樹を求めている。人肌を恋しがっている。優しくしてほしがっている。

それがわかったいまとなっては、彼を拒むことなど夏樹にはとてもできそうになかった。

（油断させるための罠なのかもしれない。だけど——）

嫌悪感は消えたわけではない。疑う気持ちもまだある。

だが、そのどれよりも、赤子の苦しみを癒してやりたいという思いのほうが強かった。その思いに突き動かされて、夏樹は赤子を抱き上げた。ミイラのようにひからびた肌も、死体のように冷たい身体も、その思いを弱めることはできなかったのだ。

赤子は大きく目を見開いた。泣くのもやめて、夏樹をじっと見る。

夏樹は赤子の顔と自分の顔が同じ高さになる位置まで抱き上げる。そして、今度は恐れることなく、その目を覗《のぞ》きこむ。

玉のような瞳には夏樹自身が映っていた。自分が見る自分は、とても優しげに微笑んでいる。

赤子は胸を激しくあえがせたかと思うと、また声をあげて泣き始めた。哀しげにではなく、ホッとしたように。それから、夏樹に甘えるように。

「よしよし」

夏樹は慣れない手つきで赤子をあやした。姿は不気味なままだが、もうちっとも怖くはなかった。

「やあ、やりましたね」

振り向くと、あおえがすぐそばまで来ていて、嬉《うれ》しそうな顔で夏樹と赤子を見守っている。

一条もいつのまにか祈禱をやめ、こちらに向き直っている。夏樹に抱かれた異形《いぎょう》の赤子を見ても、驚きもしない。

「ふたりとも……この子が来たのに気づいてなかったのか？」

夏樹が訊くと、一条はあっさり首を横に振った。

「いや、気がついてはいたけれど、誰かがなにかやってくれそうだったから」

気軽に言うので、夏樹はまた彼を殴ってやりたくなった。

「まあまあ」

と、あおえがなだめるので、ひとまずそれは我慢する。

「それじゃあ、あとはわたしが……」

あおえは夏樹の手から赤子をそっと受け取った。赤子は泣くのはやめたが、ぐすぐすとむずかり始めた。あおえより、夏樹の腕のほうが居心地よかったらしい。

しかし、あおえが優しく語りかけると、むずかるのもすぐに止まった。

「さあさあ、思い出しなさい。本当はそんな姿ではないでしょう？　どうしていいかわからなくて、寂しくて怖かったから、そんな姿になっただけでしょう？」

あおえの言っていることが理解できているのだろうか。瞬《まばた》きをくりかえしながら、赤子は馬頭鬼の顔をじっとみつめる。

「本当の姿を思い出したら、わたしとものすごくきれいなところへ行けるよぉ。そこには、坊やと仲よくしたがっている友達もたくさん待っているし、またやり直すことだってできるよぉ。だから、こんなところにいたら駄目なんだよぉ」

あおえの台詞《せりふ》のせいで自分が死んでいることを思い出したのか、それとも単にあおえが怖かったのか。赤子は顔を歪《ゆが》め、また泣き出してしまった。

「おい、あおえ、泣かせちゃかわいそうだろうが」

夏樹はあおえに抗議し、その腕から赤子を取り戻そうかとまで思った。それを察したように、一条が夏樹の肩に手を置いて止める。

「よく見ろ」

言われて何かと思い、あおえと赤子を交互にみつめる。やっとそれに気づいて、夏樹はあっと小さな声をあげた。

赤子が、涙をこぼしながら泣いているのだ。

少しずつ、少しずつ落ちる涙は、赤子の肌にうるおいを与えようとしていた。

(戻りかけているんだ……本当の姿に)

本当の、赤子らしい瑞々《みずみず》しい肌に。つぶらな瞳に。

夏樹は思わずいっしょになって泣きそうになった。一条の視線を気にしてぐっと堪《こら》えるが、胸はもういっぱいになっている。

(よかった)

心底、そう思った。これで、赤子も寂しくさまようことはなくなる、と。

安堵《あんど》のあまり、夏樹はもうひとつ大事なことをうっかり忘れるところだった。

それを思い出させようとするかのように、部屋の外側の御簾《みす》が突然、ばさりと落ちた。

ハッとして、夏樹はそちらを振り返る。あおえも、一条も。

そのときになるまで、誰ひとりとして、近づいてくる気配を察知することができなかったのだ。

床に落ちた御簾を踏み、そこに立っていたのは小袿《こうちぎ》をまとった若い女人だった。

乱れた黒髪も、ほの白い顔も、ほっそりとした肢体も、奇妙になまめかしく、美しい。

だが、その唇や装束には大量の血がこびりついていた。

彼女は夏樹と一条を、そして、あおえとミイラのような赤子を見て叫んだ。

「わたくしの皇子を――わたくしの皇子をどうするつもり!?」

夏樹と一条は、その言葉で、彼女が誰なのかを瞬時に悟った。ふたりは同時に叫んだ。

「梨壺の更衣さま……!」

しかし、そんなことはありえない。梨壺の更衣はいまごろ弘徽殿にいるはずだ。そこからここまで、たったひとりでさまよってきたというのか。

それこそ、なんのために? この赤子の存在をどうにかして知ったというのだろうか。

更衣は彼らのとまどいなど歯牙《しが》にもかけていない。両眼をぎらつかせ、烈火のごとき勢いで言葉を叩きつける。

「おまえたちだったのね、わたくしの皇子を呪い殺したのは。そして、そこの物の怪を使って、そんな姿にしてしまったのね」

更衣は恐れることなく、あおえをまっすぐに指差す。

「そうよ、おまえたちだったのよ――侍従でも筑前でもなかったんだわ。おまえたちがわたくしの皇子を呪い殺したのよ!」

あおえの腕の中で赤子は身をよじり、激しく泣き叫んだ。母親の怒りと絶望を痛みとして感じ取ったのか。あおえがいくらあやしても泣きやまない。

「皇子を返して！」

血を吐くような叫びを発すると、更衣は両手を伸ばし、あおえに向かって駆け出した。

「させるな！」

一条が叫ぶ。

「無理にとどめるな、元も子もなくなってしまうぞ！」

言われるまでもなかった。夏樹は素早く動き、更衣の行く手に立ち塞がって、その華《きゃ》奢《しゃ》な身体を抱きとめた。

だが、更衣は手負いの獣のように暴れまくる。夏樹はその力の強さに驚きながらも、さらにきつく彼女を抱きしめ、とにかく落ち着かせようと試みた。

「話を、話を聞いてください、更衣さま。わたしたちは――」

みなまで言うことはできなかった。

突然、右腕に激痛が走る。更衣が夏樹の腕に噛みついたのだ。

更衣は腕に喰らいついたまま、ぎろりと夏樹を睨みつけた。その目は血走り、妖気すらはらんでいる。

それればかりではなく――更衣の口は耳まで裂け、夏樹の腕に食いこむ歯はどれも鋭くとがっていたのだ。

夏樹は思わず更衣を突き飛ばし、彼女の牙から腕をもぎはなした。

傷口から血が迸《ほとばし》る。それを目にした夏樹の脳裏に、侍従の死体の映像が蘇《よみがえ》る。彼女の喉は誰に喰いちぎられたのか――

夏樹はようやく真相を手に入れた。とても信じ難い、嘆きと怒りと血臭にまみれた真相を。

更衣は唇に新しくついた夏樹の血を、舌先で舐《な》めとっている。血の味を十分堪能すると、彼女は大きく裂けた口から、耳障りな笑い声を洩らした。やがて、それは高らかな哄笑《こうしょう》になる。

夏樹は自分でも知らずに震える声でつぶやいていた。

「……鬼……」

その言葉で夏樹は再確認する。これは鬼だ、もはや自分の手に負えるものではないと。更衣から目を離さずに、夏樹は真横にいる一条にささやいた。

「どうすればいいんだよ、一条」

一条の答えは簡潔だった。

「斬れ」

「相手は帝《みかど》の妃《きさき》だぞ！」

「じゃあ、殺されるのをおとなしく待つか」

夏樹は低くうめきながら太刀の柄《つか》に手をかけた。殺すか、殺されるか。本当にそれしかないのかと迷う。

更衣はカッと牙をむくと、こんどはあおえにではなく夏樹めがけて襲いかかってきた。あの美しさはもうどこにも残っていない。理性のかけらも感じられない。

これは鬼なのだと夏樹は実感した。斬る以外にないのだと。

夏樹は傷の痛みを堪えながら太刀を抜いた。研ぎ澄まされた刃《やいば》に、走り寄ってくる鬼女の像が映る。両者の距離が縮まるにつれ、刃に映った像は大きくなる。

そのとき、突然、部屋に駆けこんできた人物が大声で叫んだ。

「だめよ、殺さないで、夏樹！」

夏樹の身体がその声にびくんと反応する。

(深雪⁉)

その瞬間、更衣が夏樹の頭上に鋭い爪を振りかざした。

もはや、更衣を斬る機は逸してしまった。

夏樹はとっさに戦法を変え、身を屈めて更衣の脇をすり抜けた。その、すれ違いざまに更衣の着物の裾に太刀を打ちつける。

太刀は床に裾を縫いとめ、更衣の動きを封じこめた。しかし、それもほんの数瞬のことでしかなかった。

更衣は小袿を引き裂いて、すぐに自由を取り戻す。振り返り、再び夏樹に向かってくる。

夏樹の手には太刀がない。

「夏樹！」

深雪の叫びと一条が何かを唱えるのがだぶって聞こえた。術で助けてくれようというのだろうが、もう間に合わない。

あの太刀で更衣を斬ってさえいれば――

だが、できなかった。帝の妃だからためらったのではない。あの子の母親だから、殺《あや》めたくなかったのだ。

夏樹は瞬時に死を覚悟した。

だが、そのとき――床に突き立てた夏樹の太刀がまばゆい光を放った。

光が部屋を埋めつくす。千の雷《いかずち》が駆け抜けていくような白光の中、鬼女の悲鳴が響き渡る。

「ぎゃあああ!!」

何事が起こったのか確かめようにも、光のあまりのまばゆさに目を開けることができない。閉じたまぶたの裏にまで押し入ってくるほどの輝きなのだ。

しかし、夏樹にとってその光は、まるでわが身を温かく包みこんでくれているように感じられた。

（この光は知ってる）

初めて、あの赤子が夏樹のもとに現れたとき、恐ろしさに耐えきれず太刀を抜いた。すると、刀から強烈な光が迸り、赤子はその光におびえて退散した。

瞬きの強烈さは比べようもないが、これはあのときと同じ光だ。

母の形見の太刀が、夏樹を守るために、あるいは夏樹の意思に従って、不思議な光を放ったのだった。

（母上なのですか……？）

その問いに答える者はなく、光も次第に収縮していく。

光の影響からいちばんに回復したのは夏樹だった。

それでも目の裏で残像が躍っている。目をしばたいて残像を追い払い、夏樹は周囲を見回した。

部屋にいた誰もが、その場に倒れ伏していた。更衣も、赤子を抱いたあおえも、一条まで。そして、深雪も。

夏樹は深雪に近づき、抱き起こした。

「おい、深雪」

軽く頬を打つと、深雪はうめきながら、うっすらと目を開けた。

「大丈夫か？」

「そっちこそ……」

深雪は気丈に微笑んでみせる。

「なんだったの、あの光は……ううん、そんなことより更衣さまは？」

「あそこに」

夏樹が顎で指し示すと、深雪はふらつきながらも更衣のそばへ行こうとした。それを夏樹が押しとどめる。

「まだ、だめだ」

その間に、一条が祭壇に手をついて立ち上がり、しきりに頭を振っていた。

「やれやれ……まだ目がチカチカするぞ。とんでもない刀だ」

隅に倒れていたあおえも、荒い鼻息をひとつ吐いて起き上がる。その腕には、丸まった赤子が宝物のようにしっかりと抱かれていた。

赤子の無事を確認できて、夏樹はホッと息をつく。

「ああ……びっくりしましたよ。雷が落ちたんですか？」

あおえは目をしばたかせて、そう訊いた。してみると、光の源がどこだかわかっているのは一条だけらしい。

「なんなのよ、あれ！」

突然、深雪が金切り声をあげた。いまさらながら、あおえを指差し、がたがたと震える。どうやら部屋に飛びこんできたときには、あおえの姿は目に入っていなかったらしい。

真っ当な反応だ。地獄の鬼とミイラのような赤子を前にして落ち着けと言うほうが無理な話だった。

（いっそ、気を失ってくれたほうが楽なんだが……）

密《ひそ》かにそう思いながら、夏樹は彼女の手を押さえ、断固とした口調で言い放った。

「あとで説明する。だから、いまは怖がらずに黙っててくれ」

深雪は夏樹をギッと睨みつけたが、それ以上何も言おうとはしなかった。文句をつけたくても、どうつけたらいいか思いつかなかったのだろう。

そして、最後に梨壺の更衣が身動《みじろ》ぎし、微かなうめき声を洩らした。みなが見守る中、更衣はゆるゆると顔を上げる。

そこに牙はなかった。口も裂けてなどいない。血で汚れてはいたが、更衣は途方に暮れた少女のような表情を浮かべていた。

「更衣さま……」

深雪が安堵のため息をつく。だが、まっさきに更衣のそばに行ったのは彼女ではなく、あおえだった。

更衣は恐れることなく馬頭鬼をみつめる。いや、みつめているのはあおえではなく、その腕の中のわが子だった。

あおえが更衣の前に膝をつくと、それまでおとなしくしていた赤子がまた急に泣き出してしまった。

　おわあ　おわあ　おわあ……

その両目からは、涙の粒がぽろぽろとこぼれている。

「皇子……」

更衣の目からも涙が溢れる。あおえはすすり泣く更衣に静かに語りかけた。

「この子はどうしてこんな醜い姿をしていると思いますか？　どうして、こんな姿でさまよっていると思いますか？　すべてはあなたの執着のせいなんですよ」

口調こそ優しいものの、その言葉は更衣の心に深く切りこんでいく。

「わたくしの……？」

「あなたがあまりに嘆くから、この子は行くべき場所に行けないのです。悲しみに縛られて、本来の姿を失ってしまったのです。このままだと、この子は冥府にも行けず、再び生まれ変わることもできずに、この世の暗闇を訳もわからずさまようことになるんですよ」

「この姿も……わたくしのせい……」

「さあ、抱いてあげてください」

　あおえは赤子を更衣に差し出した。

「わたしはこの子を冥府に迎えにきたんです。だから、お別れを言ってあげてください。これからは、この子の来世の幸せを祈ってください」

　更衣が呆然としていると、赤子はむずかりながらも母親に向かって両手を伸ばしてきた。かさかさのひからびた手ではあったが、更衣はためらいもなくそれに触れ、腕の中へと引き入れた。

　赤子はやっと安心できたように大きく息を吐き、母の胸に顔をうずめる。

「皇子……！」

　更衣の涙がはらはらと赤子の上に降りかかる。すると、涙が落ちたところから、赤子の肌の色が変わり始めた。

　乾いた薄茶色から、瑞々しい桃色に。骨と皮ばかりに痩せていた身体も、徐々にふっくらとしていく。哀しげだった泣き声も、いつしか元気な笑い声へと変わっていった。

「さあ」

　あおえが促すと、更衣は赤子をぎゅっと抱き寄せた。赤子は笑いつつ、更衣の濡れた頰に触れる。母の温《ぬく》もりを確かめ、覚えておこうとするかのように。

「これで最後なのね……」

　寂しくつぶやく更衣に、あおえは首を振ってみせた。

「いいえ、あなたが祈ってくれるなら、また会えますよ」

その言葉でふんぎりがついたのか、更衣は名残惜しげに涙しながらも、赤子をあおえに引き渡した。赤子はキャッキャッと笑って、あおえにしがみつく。

「更衣さま……」

深雪が声をかけると、更衣は振り返って寂しく微笑んだ。

「ええ、何もかも覚えていますよ。侍従を殺したことも、筑前を殺したことも……」

更衣はその記憶に耐えるように、そっと自分の肩を抱きしめた。

「突然、皇子を失って……悲しくてたまらなくて……誰かのせいにしたかったのですわ。だから、ありもしない呪詛をあることとして、その疑いを侍従たちにかけて……とても許されることではありませんね。こんな罪深いわたくしはもう生きていても……」

「出家なさってください！」

夏樹はとっさに大声で叫んでいた。このままだと、更衣は本気で死を選びかねないと思ったのだ。

彼女の罪は消しがたい。だが、子を失ったうえに自ら命を絶つなど、それではあまりにも不憫《ふびん》だ。

「どうか、出家して、皇子の来世を祈ってあげてください。死んだ女房たちの菩提《ぼだい》を弔うためにも、そうするのがいちばんいいように思うんです」

「そうですとも！」

　深雪もいっしょになって更衣を説得する。

「わたし、今夜のことは誰にも言いません。言ったところで死んだ人は帰ってこないし、第一、このことが世間に知られたら、帝が悲しまれます。どうか、帝のためにも罪は更衣さまの胸の中にしまっておいてください」

「帝が……」

　その名は更衣の胸に染み渡ったらしい。袖で涙をそっと押さえると、か細い声でつぶやく。

「そうかもしれません。帝はきっと苦しまれるでしょう。ですから、わたくしは黙ったまま……。こんな罪深いわたくしなど、生きていても……」

　更衣の視線が周囲をさまよい、床に突き刺さったままだった太刀に止まった。その彼女に「いけません」と夏樹が告げる。

「畏《おそ》れながら、死んだほうが楽になると思っておられませんか。それでは罪は償われないままです。むしろ、他のかたがたはその分、さらに傷ついて、更衣さまはますます罪業を重ねることになるのですよ」

　残酷な言葉だと夏樹自身も思った。だが、言わずにはいられない。

「お願いですから苦しみながら生きてください。もしかしたら、その先に……苦しみの先にこそ、救済はあるかもしれないのですから……」

更衣は無言で太刀をみつめていた。が、その視線をようやくはずし、ふっと悲しげな笑みを浮かべる。それはとても弱々しかったけれど、見る者の胸を突くような表情だった。

「明日……わたくしの女房の筑前という者の死体がみつかるでしょう。きっと、御所は大騒ぎになるはず。わたくしはそのときに宿下がりを願い出ます。こんな状態ですから、すぐに許されることでしょう。そして、もう御所へは戻りません。実家《さと》で髪を下ろして尼になりますわ。皇子と女房たちを弔うために」

途切れ途切れではあったが、更衣はそう約束してくれた。

「更衣さま……」

深雪は泣きながら更衣の手を取った。更衣も彼女に優しく微笑みかける。

「残りの生涯をわたくしは贖罪《しょくざい》に捧《ささ》げましょう。逃げずに苦しみ続けてみましょう。あなたがたの言うとおりに……」

それもまた、言うほどたやすい道ではあるまい。けれども、悲しみと憎しみを知った果ての更衣の微笑みは、ほのかな光を放っているかのように美しかった。

梨壺の更衣は深雪に付き従われて、密かに弘徽殿に戻っていった。

去り際、深雪は振り返り、

「あとで、くわしいことはじっくり聞かせてもらうからね」

と、夏樹を脅していくことを忘れなかった。そのときの彼女の目つきの鋭さを思い出しただけで、夏樹はついついため息をつきたくなる。

馬頭鬼と赤子の亡霊、とびきりの美貌を持った陰陽生《おんみょうしょう》。こんな連中と、どうして深夜の梨壺にあがりこんでいたのか。そんなことを、どう説明したら深雪に納得してもらえるというのだろう。

夏樹の悩みを知るはずもなく、あおえは、

「これでまあ、なんとかなりそうですね」

とお気楽に言う。彼の腕の中で、泣き疲れたのか、赤子はぐっすり眠っていた。

「全然、おれの出番がなかったな」

と、一条だけが不満げな顔をしていた。

「あ、じゃあ、わたしたちを送っていってくれませんか？」

「冥府まで？　生きた人間にそんなことができるわけないだろ」

「ええ、ですから、都の東にある六道珍皇寺《ろくどうちんこうじ》まで。あの寺の井戸が冥府に通じているんですよ。行きは楽だったんですけどね、閻羅王さまが御所のすぐ北東の空間を開けてくれましたから。でも、帰りは井戸まで自力で行かなくちゃならないんですよ」

「道がわからないとか言ってくれるなよ」

そのまさかだったのだろう。あおえは、あははは……と笑ってうやむやにする。

一条とあおえが話している間に、夏樹は形見の太刀を床から引き抜いた。

鞘《さや》にしまう前に、じっくりと刃を検分する。どこにも変わったところは見当たらない。

だが、確かに、この刀から発した白光が、鬼に変じた梨壺の更衣をもとに戻したのだ。

「その太刀、霊力があるな」

唐突に言われ、夏樹はあわてて太刀を鞘に収めた。

「盗《と》りゃしないって」

夏樹の態度に気分を害したように、一条は唇を尖《とが》らせた。

「その霊力は太刀が選んだ人間にしか引き出せない。他の者には、そこらへんの包丁といっしょさ」

「これは親の形見の品で、包丁なんかじゃない」

「はいはい、失敬」

そう言うと、一条は何を思ったか、夏樹の右腕を取った。袖の下から血がしたたっている。一条が袖をまくりあげると、更衣の噛み傷があらわになった。

傷そのものはさほど深くないが、にじみでる血はまだ乾ききっていなかった。

何を思ったか、一条は突然、その傷口にかぷりと噛みついた。

「わっ！　なんなんだよ！」

「いや、この程度なら舐めれば治るなと思って」

「舐めてない！　噛んでる、噛んでる！」

「じゃあ、代わりにわたしが舐めてあげましょうか」

あおえが長くて分厚い舌をべろんと出してみせる。

「いらない！」

夏樹がすぐさま断ると、一条とあおえはさもおかしそうに大笑いした。

「なんだよ、もう……」

夏樹はぶつくさ文句を言いながら袖を下ろそうとして、早くも痛みが退《ひ》いていることに気がついた。見ると、傷口はそのままだが、血は完全に止まっている。

「さあ、夜が明ける前に行きましょうよ」

あおえが一条を促し、ふたりは連れだって梨壺を出ていこうとする。夏樹は思わず、彼らを呼び止めた。

「待った！」

振り返る彼らに、一瞬迷ったすえ、

「ぼくも行く。ここまで関わったんだ、最後まで付き合うよ」

夏樹がそう言い出すことは、一条にはお見通しだったようだ。

「そうだな。あおえ、ふたりして見送ってやるよ。いいだろ？」

「ええ。そのほうが、わたしも嬉しいです」

あおえが本当に嬉しそうに言うので、夏樹もホッとして彼らに随行した。

夜の闇を縫って御所から抜け出し、京の町へ。誰にも見咎《みとが》められることなく通りを進み、一路、六道珍皇寺を目指す。

案の定、あおえは寺の場所がわかっておらず、一条にさんざん罵倒されてしまった。それでも、どうにかこうにか目的地にたどりつく。

その頃には、空はだいぶ明るくなっていた。夜明けが近い証拠だ。

紫色の空の下、六道珍皇寺の小さな庭に、夏樹と一条、そしてすやすや眠る赤子を抱いたあおえが忍びこむ。

庭への侵入は、塀が一ヶ所ぼっこり壊れていたので、その隙間から楽々果たせたのだ。

「本当にお世話になりました」

あおえは夏樹と一条に礼儀正しく深々と頭を下げた。

「いや、結局、おれは何もやってないから。この件の功労者は右近の将監《じょう》だよ」

一条はそう言って、夏樹を振り返る。あおえも、

「本当に、わたしひとりだったら、この子をみつけだすこともできずに立ち往生してい

ましたよ。いまはほら、この子もこんなにかわいくなって……」

彼の言うとおり、赤子はいまや丸々と太り、健康な、つやつやした肌をしていた。

「これも、夏樹さんのおかげです」

夏樹は照れ臭くなって、しきりに頭を掻《か》いた。

一条は、眠る赤子のぷくぷくした頰を優しくつつく。

「こんなかわいい子を呪詛とは怖いねえ。でも、それでわかったよ。侍従の君の霊があんなふうになっていた理由が」

そのつぶやきを、夏樹が聞き咎めた。

「なんだよ、あんなって？」

「怨霊《おんりよう》になりかけてたんだよ。呪詛の澱《よど》んだ気が影響していたんだろうな。あるいは、本当に侍従が呪詛に関わってて、その後悔の念がああいうふうに……」

「おいおい、何言ってるんだよ。呪詛っていうのは梨壺の更衣の思いこみだったんだろ」

一条が応える前に、あおえが口を挟んだ。

「呪詛は行われてましたよ」

「あ、あおえ」

あっさりと言われてしまい、夏樹は少なからず衝撃を受けた。いまのいままで、呪詛のことは、更衣の病んだ心が生んだ思いこみだと信じこんでいたのだ。

あおえは平然とした顔で説明する。

「もともと寿命ではなかったものを、呪うという行為によって無理矢理冥府へ送ろうとしたんですよ。そこへきて、母親のあの嘆きようでしょう。この子が現世にとどまりやすいような状況が完璧に出来上がっていたんですよね」

「おまえは違うって言ったじゃないか」

「あの女《ひと》には、そう言っておいたほうがよかったんですよ。もう十分苦しんだんですからね」

確かにそうだ。しかし、夏樹はまだ納得できない。

「そんな、いったい誰が帝の皇子を呪うだなんてことを……。梨壺の更衣さまは出家までして罪を償うおつもりなのに、呪ったやつはお咎めなしになるのか?」

理不尽すぎると憤慨する夏樹に、一条が言った。

「心配しなくても、呪った報いはいずれそいつにはね返っていくよ」

「だけど!」

「誰が梨壺の皇子を呪ったかなんて、おれたちが知ってどうする」

一条は冷ややかな笑みを浮かべて、夏樹のとまどいにとどめを刺した。

「御所っていうのは、こういう場所なのさ。そこで生きていく気なら、正直だなんて美徳は捨てたほうがいい」

一条の言葉は夏樹の心に重く沈んでいった。

捨てられるか、と怒鳴りつけようとしたが、結局は何も言えない。母の遺言が、父の期待がその口を重くさせる。

夏樹は一条の視線から逃れるように顔をそむけ、代わりに、あおえに抱かれる赤子に目を向けた。

こんな幼い子供を呪い殺したのは誰だろうと考える。

おそらく、政治的なことがからんでいるのだろう。梨壺の更衣に皇子を産んでもらって困る相手といえば、競争相手の妃たちに決まっている。

承香殿の女御か、藤壺の女御か、深雪の仕える弘徽殿の女御という可能性もあるのだ。

しかし、赤子はもう、そういう大人たちの思惑から遠く離れた存在となって、安らかな寝顔を見せている。

確かに、謎を解き明かしたところで、どうにもなるまい。わかったところで、梨壺の更衣を再び鬼にしてしまうだけだ。

御所の闇にひそむものは不必要に暴いてはいけないのだ、と夏樹は強引に結論づけ、疑惑は心の奥深くへしまいこんだ。これからも御所で生きていくことになる自分自身のために。出家を決意した更衣のためにも。

「それじゃあ、わたしはこれで」

あおえは明るくなってくる空を仰いで、井戸のそばの木に巻きついている葛《かずら》をそそくさとほどき始めた。

葛を空いているほうの腕にくくりつけて井戸の縁に立ち、夏樹たちを振り返る。

その瞳は、空の明るさを映して、濃紺に輝いている。あおえの名に相応《ふさわ》しい、きれいな青だと、夏樹は初めて思った。

「またお会いしましょうね」

「冥府に行くときには迎えに来ますからってかい？」

一条がいたずらっぽく言うと、夏樹も、

「いずれは必ず会えるってことかな？　そのときは閻羅王に点を甘くしてくれるよう頼んでくれよ」

あおえはその事に関しては何も言わず、ただふふっと笑い、井戸の中にすとんと落ちていった。

「もう、行っちゃったよ……」

一条も、同じ気持ちなのか、軽くうなずく。

「ああ」

あっさりとしすぎた別れだった。が、それこそ再び会えるのはわかりきっているから、寂しくはない。

東の山から朝日が昇ってくる。夏樹が目をすがめて、その金色の光をみつめていると、急に一条が大声をあげた。

「まずい、忘れてた！」

「何を？」

「おまえの身代わりだよ。夜明けといっしょに、ただの紙人形に戻ってるぞ」

「そりゃまずいっ！」

夏樹と一条はあわてて寺を出ると、御所に向かってひた走っていった。


昼近くなって、夏樹がやっと邸に帰りつくと、さっそく桂が出迎えてくれた。

二晩も宿直《とのい》が続いて疲れていることを察して、こまやかに世話をしてくれる。夏樹にはその心遣いがとてもありがたかった。

「おなかがおすきでしょう？　珍しい唐菓子《からがし》をいただきましたからお持ちいたしましょうか？」

「いいよ、その前にひと眠りするから。あっ、それから、深雪から文をもらってきたよ」

「まあ、すみませんねえ」

昨夜の件に深く関わるきっかけになった文を、桂に渡す。小さなことだが、忘れずにちゃんと役目を果たせた。それだけで、なんとなくホッとしてしまう。

夏樹はあくびを噛み殺しながら、壁にもたれかかった。こんなところで寝るつもりはないが、少し身体を休めていたい。――と思っていたら、もう、うつらうつらしてしまった。

「夏樹さま？」

「あっ？」

「あらまあ。本当にお疲れなんですのね」

夏樹の寝ぼけた声を聞いて、桂はくすくすと笑う。

「では、敷物の用意をしてきますわね」

部屋を出ていく桂の後ろ姿から、夏樹は開け放した半蔀《はじとみ》の外へと目を転じた。彼のいるところからは、庭の満開の梅の木がよく見えた。その花の美しさに、ふと一条の美しさを重ね、夏樹は苦笑する。

（あんなにきれいな顔をしていながら、あんな性格だったとはね……）

六道珍皇寺を出て、ふたりして御所に駆け戻ってから、夏樹はすぐさま右近衛府《うこんえふ》に行き、身代わりとすり変わった。すでに紙人形に戻ってはいたが、運よく、誰にもみつかっていなかったのだ。

一条は問題がないことを確認すると、さっさと梨壺へ行ってしまった。

「おれが梨壺を離れたことは師匠にばれてるかもなあ……」

と、ぼやきながら。

それからいくらもたたぬうちに、内裏《だいり》では新たに鬼の犠牲者――しかもまた梨壺の女房――が発見された。

当然、大騒ぎになったが、真相を知っている夏樹は誰にもそれを明かさず、仮病を使って自宅に戻ることにした。

実際、二晩も徹夜を続けたせいで、身体はすっかりくたびれていたのだ。

どちらにしろ、御所にはもう鬼は出ない。いくら捜索したところで、手がかりはみつかるまい。

この事件は迷宮入りとなって、いずれ人々の記憶からも消えてしまうのだ。

不吉な出来事が続くため、梨壺の更衣がすっかり気弱になって宿下がりを願い出たという話も、退出しようとした夏樹の耳に届いた。帝も承諾し、明日にでも更衣は実家《さと》に帰るそうだ。

ほとぼりが醒《さ》めた頃に、更衣は約束どおり出家するだろう。皇子に続く女房の次々の死に、この世が空《むな》しくなって、とでも言えば誰も不審に思うまい。

これですべてが丸く——とはいかぬものの、いちおうの決着がついたのだ。

夏樹は懐から紙人形を取り出した。大きく『夏樹』と墨書きされた人形《ひとがた》は、夢のようだった昨夜の出来事が夢ではないという証拠だ。

それと、もうひとつ。

夏樹は右袖をまくりあげ、包帯の巻かれた腕をあらわにした。この包帯の下に、昨夜負った傷がある。

しかし、三、四日もすれば跡形もなく消えてしまうだろう。とてもそんな傷ではなかったはずなのに、痛みがもう全然ないのだ。

これも一条の仕業としか思えなかった。

夏樹は思い出し笑いを浮かべると、袖を下ろして包帯を隠した。桂にみつかったら、よけいな心配をかけてしまう。

紙人形も懐にしまい直す。夜になったら、試しに息を吹きかけてみようと思いつつ。きっと何も起こるまいが、万々が一、自分がもうひとり増えたりしたら……いいのか悪いのか。

全身に降り注ぐ暖かい陽差《ひざ》しが心地好《よ》く、本当にこのまま眠ってしまいそうだった。うつらうつらしていると、目の隅を何か赤いものが走っていく。

おやっと思って、そちらを見る。隣の化け物邸の簀子縁《すのこえん》を、誰かが走っているところだった。

まだ幼い女童《めのわらわ》だ。長い棒を手にし、紅《あか》と黒の珍しい衣装を身につけている。黒髪に結んでいる飾り紐《ひも》も紅だ。

瞳の色まではわからない。だが、それは間違いなく、式神《しきがみ》の水無月《みなづき》だった。

夏樹は目をこすり、頬をつねり、それからまた目を凝らした。

水無月は手にした棒で蔀格子《しとみごうし》を押し開けると、再び簀子縁を走って邸の奥へひっこんでしまった。

夏樹はそのまま、身を乗り出して隣の様子を窺《うかが》った。開けられた半蔀から中が覗けないものかと、そこを集中的に探る。

やがて、待ったかいがあって、誰かが半蔀のすぐそばに座るのがちらりと見えた。

（水無月か？）

だが、服の色が違う。見えているのは淡い桜色の袖だ。

（誰なんだよ、おい。まさか……ってことはないだろうな）

夏樹がじりじりしていると、その人物は視線に気づいたのか、扇をこちらに向けてひらひらと振ってみせた。

それは見覚えのある、山の端《は》の月を描いた紙扇だった。

夏樹があんぐり口を開けるのと同時に、部屋に桂が入ってきた。

「夏樹さま、あちらに支度ができまし……」

みなまで言わせず、夏樹は勢いこんで桂の言葉を遮る。

「桂、さっきの唐菓子持ってきてくれるかな」

「え？　ええ、よろしいですけれど」

いぶかしげな顔をしつつ、桂はすぐに器に載せた揚げ菓子を持ってきてくれた。夏樹はさっそくそれを紙に包む。

「寝るのはやめる。ちょっと出てくるから」

「まあ……どちらへ？」

驚く桂に、夏樹はどう答えたものかと少し考えてから、ふっと照れたように笑ってみせた。

「隣。新しく越してきた人に、挨拶してくるよ」

「でも、あちらが怪異の起こる邸だと知ったら、いつものとおり、またすぐに引っ越しされるのではありませんか？」

「それがどうやら、今度のお隣さんは物の怪を気にしないらしいんだ。きっと、長く住んでくれそうだよ」

そう言って、夏樹は菓子を片手に、梅の花咲く庭へと元気よく駆け降りていった。

暗く豊かな夜に

ぎしぎしと車体を軋《きし》ませて、一台の牛車《ぎっしゃ》が夜の都を進んでいく。

牛車には幼い牛飼い童《わらわ》と、松明《たいまつ》を手にした従者がひとり、付き従っていた。

平安の都では日常的な光景である。たとえばこれで、車の背面に下がった御簾《みす》の下から、色とりどりの重袿《かさねうちぎ》の裾が出てなどいれば、「どんな美女が乗っているのだろうか……」と想像をたくましくもできるが、そんな雅《みやび》な演出はいっさい施されていない。

実際、乗っているのは宮廷女房でも貴公子でもない、居眠り中のくたびれた中年の官吏だ。残念ながら、王朝文化の華やかさを感じられる点は見当たらない。

ただし、松明を掲げている従者は違った。

牛飼い童とさほど年齢が変わらない、十二、三歳ほどの彼は大層ひと目をひく美少年であった。

元服前の長い髪を後ろの高い位置でまとめ、薄浅葱《うすあさぎ》（淡い青）の水干《すいかん》をまとっている。瞳は珍しい琥珀《こはく》色で、松明の明かりを受ければ蜂蜜色に照り輝く。

どこかの姫君が少年に身をやつしているのではないかと疑いたくなるほどだった。牛飼い童も彼をしきりに気にし、ちらちらとその横顔を盗み見ている。

しかし、少年は視線に気づかぬふうを装い、黙って歩き続けている。

つい最近、この少年は牛車の主《あるじ》のところに仕えるようになったばかりで、牛飼い童も彼に関してはほとんど何も知らなかった。小耳に挟んだところによると、とにかく口数が少なく、仲よくなろうと近づいていっても話がはずまないのだとかなんとか。

顔はいいが、本心が見えてこない。親しくなる気がないのだけは伝わってくる。どうも、あやつの前だと居心地が悪い。琥珀色の目も薄気味悪い。

そんな話を聞かされて、棲《す》み分けていたほうが無難、と牛飼い童も幼いながらに薄々感じていた。今宵《こよい》、主人のお供でともに夜歩きに出て、なおさらその感は強まったと言っていい。

その不愛想な少年が——突然、足を止めた。

琥珀色の目を見開き、珍しく驚きの感情を露《あら》わにして前方の闇をみつめている。

牛飼い童も釣られて立ち止まり、行く手の深い闇を覗《のぞ》いた。が、いくら目を凝らしても夜の町並みが続いているだけで、特に関心を惹《ひ》くようなものはひとつも見当たらない。

牛飼い童がとまどっている間に、少年のほうは牛車の後部にまわって、車中の主人に声をかけていた。

「あの、忠行《ただゆき》さま」

「ああ?」

いい心地で眠っていたところを起こされて、その官吏——賀茂忠行はうなりながら顔を上げる。

「なんだ。もう邸《やしき》に着いたか……」

「いいえ」

少年はひと呼吸おいてから、小声で緊張気味にささやいた。

「何かが道をやってきます」

牛飼い童は目をぱちくりさせ、改めて行く手を覗いてみた。

碁盤の目のように整然と敷かれた平安京の道はまっすぐにのび、彼方《かなた》は闇に融《と》けこんでいる。そのどこにも人影らしきものは見えない。

しかし、少年はさらに付け加えた。

「この先へは進まれないほうがよろしいかと」

忠行は身体《からだ》をのばして物見窓から外を見やった。

「……なるほど、あいわかった」

いったい何がわかったのだろうと牛飼い童は首を傾《かし》げた。

忠行は眠気の飛んだ真面目《まじめ》な顔で指示を下した。

「松明は消しなさい。ふたりとも車に身を寄せて動かないように。声も出しては駄目だ。怖ければ、石になったつもりで目を閉じていなさい」

従者の少年は「はい」と短く応えただけで牛車に身を寄せる。牛飼い童はわけがわからないまま、仕方なく彼に倣《なら》おうとして――もう一度、行く手を振り返った。

闇が広がっている。まっすぐな道が続いている。誰もいない。

その果てに、何かが現れた。

一見したところ、祭礼の行列のようでもあった。大勢でわいわい、がやがやと楽しげに談笑しながら、こちらへと進んでくる。

ただし、人間ではない。

先頭は、全身緑色をした四尺（約一二〇センチ）ほどの小鬼だ。細纓《さいえい》の冠をかぶり、肩には矛をかついでいるのに、身につけているものは下帯だけ。

その後ろから妙に丸くて黒っぽい謎の獣が出てきたかと思うと、熟れた酸漿《ほおずき》のように赤くてぶよぶよした、もっと謎めいた生き物が続く。

先頭の緑の鬼とは色違いの、白や赤の小鬼たちも現れる。目と手足がついた竹箒《たけぼうき》やら鍋やら、烏帽子《えぼし》をかぶった人間大のトノサマガエルまでもが入り交じっている。

物《もの》の怪《け》たちの行進――百鬼夜行《ひゃっきやぎょう》だ。

牛飼い童はたまらず、ひゃあと悲鳴をあげた。

その声を聞きつけ、物の怪たちはいっせいにこちらを振り向く。

馬鹿、と少年が小声で叱責したが、牛飼い童の耳には入らなかった。

小鬼が牙を剝《む》いて威嚇《いかく》し、丸っこい獣がぎゃぎゃぎゃと奇怪な鳴き声をあげる。

熟れた酸漿のような物の怪は、いきなり内側からはじけとんだ。すると、その中から巨大な男の顔が現れ、こちらに猛然と向かってきた。

牛飼い童は再び悲鳴をあげ、交錯させた腕で顔を覆ってその場にすわりこんだ。

「お助けください、忠行さま！」

声変わり前の金切り声が周囲に響き渡る。

それに応え、忠行は前面の御簾をはねあげると、呪《しゅ》を唱えつつ、ひとさし指で虚空に縦横の升目を描いた。

描き終えるや否や、光の残像のごとき升目が百鬼の群れめがけて飛んでいく。両者がぶつかり合った瞬間、ぱっと周囲が明るくなり、鬼たちの悲鳴が湧き起こった。

きゃあきゃあ、ぎゃあぎゃあ、とうるさい悲鳴は、爆風に吹き飛ばされるかのごとく、一気に遠くなる。

半べそをかいた牛飼い童が恐る恐る顔を上げると、もうそこに物の怪たちの姿はなかった。

光の升目にはじかれたのか、これは敵《かな》わぬと走って逃げ出したのか。とにかく、通りから一匹残らず消えてしまったのである。

「――百鬼夜行は去ったようだな。ふたりとも無事か？」

忠行に問われ、牛飼い童は泣きじゃくりながら何度もうなずいた。従者の少年は大き

く息をついてから、

「はい……」

と応えただけだったが、さすがにその声はかすれている。

「ずいぶんとおそろしい思いをさせたな。だが、おまえがいち早く鬼の接近を知らせてくれたおかげで、わしも助かった」

「いえ、そのような……」

謙遜する少年の言葉にかぶせて、忠行が言った。

「才能はある。どうだ、陰陽道《おんみょうどう》を学ぶ気はないか?」

突然の勧誘に少年は驚き、せわしなく瞬《まばた》きをくり返した。琥珀色の瞳がひときわ明るく輝いたようにも見えた。

だが、それは牛飼い童の勘違いだったのかもしれない。少年は目を伏せ、言葉を濁す。

「わたしは、なにも陰陽師になるために都に出てきたわけではなく……」

「では、何になるつもりかな?」

うっと少年は息を詰まらせ、眉間《みけん》に深い皺《しわ》を刻んだ。

「特にまだ決めていないのなら、試しにさわりだけでも学んでみてはどうかな。意外に合うかもしれんぞ。いや、意外とは言わんな。きっと合うな。いくら眠っていたとはいえ、わしより早く百鬼夜行に気づいたのはたいしたものだ。どうだ、さっきのような術を自分もやってみたいと思わないか？」

「陰陽師など……」

少年は忠行から顔を背けると、吐き捨てるように言った。

「くだらない。ただの当たらぬ占い師じゃないか」

いきなりの暴言に、牛飼い童は硬直した。そこにいる賀茂忠行こそ、陰陽宗家の賀茂氏の長、高名な朝廷陰陽師のひとりであったからだ。

しかし、忠行は少年の暴言に怒るどころか、

「そうか。それが本音か」

と、楽しそうに破顔した。

「もちろん、忠行さまはそこらの陰陽師とは違い、呪力で物の怪を退散させられるおかたですが……」

「そこらの陰陽師はやはりくだらないと？」

「はい」

「当たらぬ占いばかりだと？」

「はい」

少年は不貞腐《ふてくさ》れた表情でくり返した。逆に、忠行の顔にはニヤニヤ笑いが広がっていく。

「面白いな。そんなことを考えていたとは。……では今度、息子に会わせてみようか」

「はい？」

「意外に話が合うかもしれん。うん、そうしよう、そうしよう。あやつにもいい刺激になる。思い出すな。あれもな、まだ十歳かそこらの童の頃に、わしが祓《はら》いをする場についてきたがってな。もちろん、童を伴えるようなところではないぞ。だが、あれもしつこくてな。で、連れて行った。息子はじっと祓いの儀に見入っておったよ。怖がっておるのかな、やはり早すぎたか、教育上よろしくなかったのではないかと、わしはわしで気を揉《も》んだぞ。ところが、その帰り道、息子が『祓いの最中に、ひとのようでひとでない、恐ろしげな姿のモノたちが現れて供え物を食べ、置いてある作り物の車や船に乗って去っていきました。あれはなんなのですか、父上』と訊《き》くわけだ。いやはや、本当に驚かされた。息子はわずか十歳でもう鬼神が見えていたのだ。このわしでも、陰陽の修行を積んで初めて鬼神が見えるようになったというに。これは将来、神代の達人にも勝るとも劣らない、すぐれた陰陽師になるに違いないと大いに期待したわけよ」

急に始まった忠行の息子自慢は、延々と続いた。

少年はうんざりした顔を隠さない。牛飼い童もあきれている。それでも、忠行は饒《じょう》舌《ぜつ》にしゃべり続ける。

「その息子も、いまでは一人前の陰陽師だ。いや、若いから経験はまだまだ足りていないが。――そうだな。年少の者を教えるのも、あれにとっていい経験となろう。うん、わしもいそがしい身で、なかなか暇がない。ならば、息子に陰陽道を学んだほうが身につくのも早かろう。うん、きっとそうだ。そうしよう、そうしよう」

「勝手に決めないでください……」

苦々しげに少年がつぶやく。だが、忠行の勢いに毒気を抜かれたのか、いやだとまでは言わない。それどころか、怒ったように顔をしかめたまま、真剣に考え始めている。

百鬼夜行は去ったというのに牛車を動かすことができなくて、牛飼い童は目をぱちくりさせながら、はしゃぐ忠行と、かぶっていた猫をずり落としてしまった少年とを、交互にみつめていた。

周囲から浮いていた孤独な少年は、こうして師匠を得た。彼が唯一無二の親友とめぐりあうには、さらに数年の月日が必要であった。

解説

三田主水

『ばけもの好む中将《ちゅうじょう》』シリーズが大人気展開中、そしてつい先日『鬼舞《おにまい》』シリーズが全17巻で堂々完結した瀬川貴次の平安ものの原点が、ここに復活しました。元服して近衛府《このえふ》に勤め始めたばかりの少年貴族と凶々《まがまが》しい魅力の美少年陰《おん》陽師《みょうじ》、対照的な二人の少年が怪異に挑む『暗夜鬼譚《あんやきたん》』シリーズの第一弾であります。

平安の闇に蠢《うごめ》く怪異の数々に不可思議な術で挑む陰陽師——彼らの活躍を描く、いわゆる「陰陽師もの」は、現在に至るまで、様々な作家の手により驚くほどの数の作品が生み出されてきました。しかし、陰陽師という存在がこのように広く知られるようになり、数多くの作品の題材となるようになったのは、それほど昔というわけではありません。もちろん陰陽師が登場する作品は以前からありましたが、これほどメジャーとなったのは実は今から二十数年前の九十年代前半、岡野玲子の漫画版『陰陽師』と夢枕獏『陰陽師　飛天《ひてん》ノ巻』を皮切りに、数々の陰陽師ものが発表されて以来のことなのです。

この『春宵白梅花《しゅんしょうはくばいか》』は、そのまさに真《ま》っ只中《ただなか》である九四年に発表されました。つまり本作は、陰陽師ものでもかなり早い時期に登場した作品であり、そしてそれ以来『暗夜鬼譚』は約十年間に渡り、全15作23巻が刊行される人気シリーズとして展開されたのです。

平安建都から百五十年あまり、貴族文化がまさに花開こうとしている時代、十五歳の少年・夏樹《なつき》は、周防《すおう》の国司《こくし》である父の伝手《つて》で都に上り、近衛府に勤め始めることになります。しかし、都での出世は北野《きたの》の大臣《おとど》の孫であった亡き母の望みであったものの、真っ正直で純粋な彼には宮中は息が詰まることばかり。そうした中で唯一の生き抜きは、弘徽殿《こきでん》の女御《にょうご》に仕える女房であるツンデレ気味のいとこ・深雪《みゆき》と言葉を交わす程度でありました。

そんなある日、弘徽殿を訪れた帰り道で彼が目撃したのは、冠も被《かぶ》らぬ狩衣《かりぎぬ》姿という、宮中では異装と言うほかない姿で闇の中に立つ、この世のものとは思えぬ美少年。しかも彼が指さす先には、見るからに恐ろしい馬頭《ばとう》の鬼が踊っていたではありませんか！

そしてその翌朝、無惨に喉を食いちぎられた女房の死体が見つかり、宮中は大騒動に。さらに宿直《とのい》で仮眠していた夏樹の前には、木乃伊《みいら》の如《ごと》き姿の奇怪な赤子が現れます。相次ぐ怪事に巻き込まれた夏樹は、この事態を唯一打開できるかもしれない相手を頼ることを決意するのでした。あの晩、彼の前に現れた美少年——陰陽寮《おんみようりよう》の賀茂《かも》の権博士《ごんのはかせ》の下で陰陽道を学ぶ陰陽生《おんみようしよう》・一条《いちじよう》を。

夜を徹して魔除《まよ》けの呪法《じゆほう》を行う一条の元に押しかけた夏樹は、事件解決のために「鬼」を呼び出すという彼に協力することとなったものの、意外な鬼の正体、そして一条のとんでもない素顔もあって、状況は意外な方向に転がっていきます。さらにそんな騒動の中で、深雪にも思わぬ危険が迫って……


さて、本作の初出は、集英社スーパーファンタジー文庫、今で言うライトノベルレーベルです。このシリーズは10作17巻が刊行された後、レーベル終了に伴いコバルト文庫に移行、そこで5作6巻が刊行されるという少々変則的なスタイルを取ることになるのですが、一貫しているのは、ティーンズの読者を主たる対象としてきたことでしょう。夏樹と一条、あるいは深雪は、こうした読者層とはほぼ同年代のキャラクターであり、多くのティーンズ向け小説がそうであるように、当時の読者は、彼らの活躍を我がことのように、あるいは自分の友人のことのように、楽しんできたのです。

実はこの点に、『暗夜鬼譚』という作品の特長の一つがあります。冒頭に述べたとおり、この当時から今に至るまで数多くの作品が発表されている陰陽師ものでは、どちらかと言えば凡人の主人公と、その友人で天才（変人）陰陽師のコンビというスタイルが定番です。それは本作も同様ですが、しかし、主人公をティーンズの少年たちに設定し、多感な年頃の彼らが怪事件解決に奔走する中で現実を知り少しずつ成長していくという、一種の青春小説的アプローチを取る作品は、あまり多くありません。それは一つには、作中の陰陽師という存在にある種の人間的完成度が求められているためではないかと思いますが、何はともあれ、本作はこうしたアプローチを取った作品の嚆矢《こうし》と言えるのではないでしょうか。

しかしこのようなお話をすれば、「それでは、ティーンズの読者以外には面白くないのかしら？」と思われる方もいるかもしれません。白状すれば、実は僕も似たような不安を感じていました。僕はもともと（既にその時、夏樹たちよりは上の年齢であったものの）スーパーファンタジー文庫版で本作を読んでいた大ファンなのですが、果たしてあの時のように、いま再び本作を楽しむことができるのだろうかと……

しかしもちろん、それは杞憂《きゆう》でした。断言しましょう。本作はティーンズでなくとも楽しめる作品、人生の機微をあれこれ知った大人であっても、いや大人の方がさらに楽しめる作品である、と。

本作に登場する様々な怪異――それは、正真正銘の超自然の存在であります。しかし、それらは、例えば己の意志を持たず周囲に被害をもたらす天災のような、あるいは人とは異なる論理で行動し災厄をもたらす異界の妖魔のような、人間の存在とは全く無縁のところに生まれ、人間に害をもたらす存在ではありません。

そう、本作で描かれる怪異の根源には、人間の強烈な意志が、想《おも》いが存在します。本作はそんな怪異を、その怪異の背後にある人間の存在を、そしてその人間が生きている限り背負ってしまう業《ごう》を、丹念に描き出します。そしてその怪異像は、青春時代の後も続く人生の中で、残念ながら生きる上でのアレコレを背負ってしまった僕たちにとって、決して縁遠いものではない存在として感じられるのです。

怪異はある。しかしそれに全《すべ》ての責任を押し付けることはできない。同時に、陰陽師の術で全てが解決するわけでもない。だとすれば、真に怪異を祓《はら》うことができるのは……こうして読み返してみれば、本作は陰陽師もののはしりでありながらも、同時に相当に野心的な構造を有していた作品であると気付きます。

その一方で、本作は「人間が一番怖い」などという解答を用意しないのもまた嬉《うれ》しいところです。どのような理由があろうとも、本作に登場する怪異はやはりどこまでもおぞましく、恐ろしい。それに加えて、どこかおかしく魅力的ですらあります。

「怪異がおかしく魅力的ですって？」と言われそうですが、怪異を描いても、ただ怖いだけでなく、どこかすっとぼけたおかしさを用意しているというのが作者の持ち味。その持ち味は、本作の時点から健在なのです。特に、後にシリーズのアイドルとなる「彼」のキャラクターの破壊力たるや……

何はともあれ、これまで残念ながら幻の作品となっていた本作は、いま鮮やかに復活を遂げました。かつての僕のような若い層が読んでも楽しく、そしていまの僕のような大人が読んでもさらに味わい深い物語として。

かつて本作を楽しんだ方も、『ばけもの好む中将』『鬼舞』などの他の作品から入られた方（特に『鬼舞』読者の方にとっては、本作は相当に刺激的なのではないでしょうか）も、もちろん全く初めて本作を手にされた方も……どうかこの瑞々《みずみず》しくも凶々しく、可笑《おか》しくも物悲しく、そして美しい物語世界を楽しんでいただきたいと思います。

そしてまた、夏樹と一条、深雪をはじめとして、本作に登場したキャラクターたちがそれぞれの青春を生き、成長していく姿をこの先も目にすることができるように……本作に続く『暗夜鬼譚』シリーズの復刊も、強く期待するところです。

（みた・もんど　文芸評論家）

本書は一九九四年六月に集英社スーパーファンタジー文庫として刊行されました。集英社文庫収録にあたり、書き下ろしの「暗く豊かな夜に」を加えました。

この作品はフィクションであり、実在の個人・団体・事件などとは、一切関係ありません。

集英社文庫　目録（日本文学）

集英社文庫　目録（日本文学）

瀬川貴次　ばけもの好む中将 伍 冬の牡丹燈籠
瀬川貴次　暗夜鬼譚 遊行天女《ゆうぎょうてんにょ》
瀬川貴次　ばけもの好む中将 六 美しき獣たち
瀬川貴次　暗夜鬼譚 夜叉姫恋変化《やしゃひめこいへんげ》
関川夏央　石ころだって役に立つ
関川夏央　「世界」とはいやなものである 東アジア現代史の旅
関川夏央　現代短歌そのこころみ
関川夏央　女流 林芙美子と有吉佐和子
関川夏央　おじさんはなぜ時代小説が好きか
関口尚　プリズムの夏
関口尚　君に舞い降りる白
関口尚　空をつかむまで
関口尚　ナツイロ
関口尚　はとの神様
瀬戸内寂聴　私小説
瀬戸内寂聴　女人源氏物語 全5巻

瀬戸内寂聴　あきらめない人生
瀬戸内寂聴　愛のまわりに
瀬戸内寂聴　寂聴 生きる知恵
瀬戸内寂聴　一筋の道
瀬戸内寂聴　寂庵浄福
瀬戸内寂聴　寂聴巡礼
瀬戸内寂聴　晴美と寂聴のすべて 1（一九二二～一九七五年）
瀬戸内寂聴　晴美と寂聴のすべて 2（一九七六～一九九八年）
瀬戸内寂聴　わたしの源氏物語
瀬戸内寂聴　寂聴源氏塾
瀬戸内寂聴　寂聴仏教塾
瀬戸内寂聴　まだもっと、もっと 晴美と寂聴のすべて・続
瀬戸内寂聴　わたしの蜻蛉日記
瀬戸内寂聴　寂聴辻説法
瀬戸内寂聴　ひとりでも生きられる
曽野綾子　アラブのこころ

曽野綾子　人びとの中の私
曽野綾子　辛うじて「私」である日々
曽野綾子　狂王ヘロデ
曽野綾子　観月観世 或る世紀末の物語
平安寿子　恋愛嫌い
平安寿子　風に顔をあげて
平安寿子　幸せ嫌い
高倉健　あなたに褒《ほ》められたくて
高倉健　南極のペンギン
高嶋哲夫　トルーマン・レター
高嶋哲夫　M8 エムエイト
高嶋哲夫　TSUNAMI 津波
高嶋哲夫　原発クライシス
高嶋哲夫　東京大洪水
高嶋哲夫　震災キャラバン
高嶋哲夫　いじめへの反旗

集英社文庫

暗夜鬼譚《あんやきたん》 春宵白梅花《しゅんしょうはくばいか》

2016年5月25日 第1刷
2018年2月20日 第5刷

定価はカバーに表示してあります。

著 者 瀬川貴次《せがわたかつぐ》

発行者 村田登志江

発行所 株式会社 集英社
東京都千代田区一ツ橋2-5-10 〒101-8050
電話 【編集部】03-3230-6095
【読者係】03-3230-6080
【販売部】03-3230-6393（書店専用）

印 刷 中央精版印刷株式会社 株式会社美松堂

製 本 中央精版印刷株式会社

フォーマットデザイン アリヤマデザインストア マークデザイン 居山浩二

ISBN978-4-08-745445-1 C0193